遊藝湖山

傅湘龍 主編

文 學 叢 刊
文史哲出版社印行

國家圖書館出版品預行編目資料

遊藝湖山 / 傅湘龍主編. -- 初版 -- 臺北市：
文史哲，民 106.03
　　頁；　公分. --（文學叢刊；374）
　　ISBN 978-986-314-356-7（平裝）

830.86　　　　　　　　　　106003153

文　學　叢　刊　374

遊　藝　湖　山

主　編　者：傅　　　湘　　　龍
出　版　者：文　史　哲　出　版　社
　　　　　　http://www.lapen.com.tw
　　　　　　e-mail：lapen@ms74.hinet.net
登記證字號：行政院新聞局版臺業字五三三七號
發　行　人：彭　　　正　　　雄
發　行　所：文　史　哲　出　版　社
印　刷　者：文　史　哲　出　版　社
　　　　　　臺北市羅斯福路一段七十二巷四號
　　　　　　郵政劃撥帳號：一六一八○一七五
　　　　　　電話886-2-23511028・傳真886-2-23965656

定價新臺幣三六○元

二○一七年（民一○六）三月初版

卷 首 語

　　這是本屬於漢語 1301 班的文集,是這個班集體裡每一個人青春記憶與才思飛揚的見證。

　　我們來自不同的城市,天南海北,相聚在嶽麓山下、湘江水旁,求學於千年學府湖南大學。因為機緣,我們都共同選擇了中文,選擇了這個充滿浪漫與激情的學科。古今中外,文史百家,文學以寬廣的胸懷擁抱我們。在文學的世界裡,我們談天說地,各抒己見,暢所欲言。文為刀,筆為劍,每一個人都有自己的文學夢想,用心中的那份情思與執著構建自己的文學江湖。

　　嶽麓書院裡,有泉名文,寓意祥瑞。正如文泉這般,恰同學少年,文思泉湧,斯文一派;同道中人,以文會友,把歌青春。山靈水秀,愛晚亭下,吟誦幾首詩詞,徜徉於書海之間,風雅而別致。曾記否,橘子洲頭,湯湯湘水,浪遏飛舟;嶽麓山巔,指點江山,意氣飛揚。吾輩風華正盛時,總有講不完的故事，道不完的熱情，如夜半的煙火，肆意地綻放著華美的青春。文學帶給我們感性的人生，生活中的悲歡離合可以化作文字，在文學的世界裡重新演繹，把一切的不如意都埋沒在文字裡，使我們走向成熟。文學帶給我們心靈的棲息，在奔忙的生活節奏中，駐足在書桌前，拾起筆來，看幾篇雋永的美文，寫幾句真情的話語，感受靜止的時光。是文學，照亮我們的青春和人生。

　　時光匆匆，總需要留下些什麼才不會遺憾，這本班級文集正是我們大學四年光陰最好的紀念，是我們這段青蔥歲月最美的回憶。翻閱一篇篇文章，可以感受到撲面而來的活力和青春，有生活中來來往往最真的性情，有專屬於這個年紀的迷茫與彷徨，也有不可思議的恍然夢境，人生百味，帶著青春最後一縷稚嫩的影子，走向成熟的未來。

　　多年以後，當翻閱這本文集時，這段風華正茂的歲月定會如電影般重現我們每個人眼前。悠悠同窗情，人生一壺酒，歲月荏苒之間，愈烈愈濃，醇厚彌香。千言萬語訴不盡，何時月下再痛飲？海內存知己，天涯若比鄰，日後無論南國，還是北疆，這本文集始終是我們這個大家庭最美好而珍貴的回憶！

遊藝湖山

目　次

6　遊藝湖山

青 春 書 寫

8　遊藝湖山

鳳 梨 派

張藝慧

　　這只是一個不能夠再平常的週三上午，他照例打開電腦，開始工作，他是一個網站編輯，每天面對著顏色單調的電腦螢幕，敲到眼睛發澀。他工作的地方就是他的家。

　　能夠在家裏工作的確足夠令人羨慕，他因此可以省下擠地鐵的時間好好睡到太陽光將房間照得徹亮，但他鮮少這麼做，他真正迷戀之處在於廚房而不是床。裝修成鮮黃色的廚房，配有充滿金屬感的烤箱，低筋麵粉鮮奶油，西米蘇打吉利丁，他熟知各種烘焙法則搭配嚴格有如公式，烤箱的每一次"嘀"聲，都是美味的報時，食物從烤盤轉移到餐盤，再經濃稠果醬流暢上妝，糖霜紛揚，奶油溫柔瀉吐。接著，他坐在餐桌前，細緻地品嘗，感受食物充滿口腔，沿著食道進入胃中所引起的電流，他完全熟悉胃部蠕動的節奏，像被微風吹拂的一隻絲綢小袋。

　　"一個人也要好好地吃早餐。"

　　他通過網絡將自己的理念向人傳播。他會在每個月收拾一下房子，邀請同城的烘焙發燒友們來家裏切磋廚藝，漸漸的，因爲有了名氣，有人來找他私人訂製點心，他也樂意賺點外快，笑呵呵地答應送貨上門。

　　然而這週三並不是他的烘焙社交日，他伸了一個懶腰，工作臺前方是一扇窗，他看到一架飛機慢悠悠地開過去，怔怔出神的時候，手機響了。

　　是一條新消息："你會做鳳梨派嗎？"

　　他對這個 ID 有印象，大約一周前加的女孩子，卻並不記得自己報名了他的烘焙課，每天都有定時更新自己的動態，大概是正在念大學的學生。

　　"會。"他很快回覆。

　　"啊咧咧！"女孩子很驚訝的樣子。

　　"不過建議做披薩哦。"他想起那次鳳梨派吃不完滯留冰箱的經歷，"派太甜了。"

　　"啊，我喜歡吃甜的。"

　　"派甜得跟鬼一樣。"

　　"要怎麼做鳳梨派呢？"女孩執著地問。

　　他把手機裏鳳梨派的照片發了過去，派躺在白盤子上油光滿面，顯得膠著又甜膩。

　　"爲什麼看上去這麼像編織呢。"女孩對派的表皮是格子狀表達了疑惑。"我以爲派的皮是很酥脆的那種。"

　　"噗，別拿麥當勞的那種來對比。"他嗤之以鼻，"你有在麥當勞的蘋果派裏吃到過蘋果嗎？"

"有哦，還是熱熱的蘋果。"她一邊形容著，一邊想像著那種喉頭髮酸又熱乎乎的味道，"但是我不喜歡吃麥當勞的派，皮太厚，鹹鹹的。"

"我們下課了。"女孩說。

中間大概停頓了五分鐘，就在他已經重新投入文稿校正工作時，女孩又發來消息。

"跟你說哦，我今天早上失戀了。"

他今天早上看到她發佈了一首小詩：

"風和日暖

令人忍不住

想永遠活下去"

他並不在意，說："大學麼，不是你拋棄我，就是我拋棄你，終究是沒有走到一起的決心。"

"可惜並不是那麼簡單呢。"女孩說，即使隔著手機螢幕，他都能感到她的一字一頓。"所以啊，我很想要做一個鳳梨派。"

"失戀和做鳳梨派有毛線關係哦。"

"電影裏，失戀可以吃鳳梨罐頭，爲什麼我失戀不可以吃鳳梨派啊。"

他沉默了一會說："想做鳳梨派，可以滿足的哦。"

"首先，你得有一個鳳梨。"他自以爲說了個幽默的笑話。

女孩認真地說："我只有一隻鳳梨和一個很小的烤箱。"

"有沒有平底鍋？"

“有一個鍋，也比較平吧。”

他正在腦海裏搜索鳳梨派最簡易的做法，女孩又發來消息:“電梯門口人真多呀。”

“今天早上天氣很好，現在轉涼了，我的袖子是喇叭狀，風咕嚕咕嚕灌進來，有點冷呢。”

他並不知道怎麼接，他整日囿於廚房卻生疏於人情，這會子，他還看不出，女孩寫“忍不住想永遠活下去”，是覺得“似乎變得很難活下去”，女孩說“風灌進袖口”，僅僅是爲了和一個人說話。

“是不是打擾到你工作咯？”女孩子體貼地問，“沒有。”他回過神來，劈裏啪啦把鳳梨派的便利做法打上去。“首先，把鳳梨炸醬，然後再去超市買那種做好的飛餅做派的皮，把鳳梨醬包進飛餅裏，再放鍋裏，兩襠炸一下就能吃了。”

“這種鳳梨派大概就是麥當勞的那種感覺，如果要做格子狀的，就麻煩得多了。”他又說:“你做的時候，可以再問我。”

他覺得自己像是故意說出這句話，爲他們第二次交談埋下伏筆。

“呐，如果我要吃格子狀的那種，你真的可以送貨上門麼？”女孩又問，

“真的。”

“好厲害，那一定很會找路咯。”女孩子的潛臺詞是，她是個路癡。

“畢竟 C 市只有這麼大嘛。”

"你多大啦？"她把好奇心轉移到了做派的人身上。

他費勁地想起自己的生辰，發現自己的 25 歲生日就在一周之後。

女孩說她夏天滿 19 歲。他突然想到他大學時期的一位女同學，在夏天總是穿鮮紅色的弔帶背心，他自動把女同學的臉代入了女孩，應該是差不多的天真嬌憨的面容。

"你是哪個大學的？"

女孩說了一個很好的大學的名字。

他們的第一次交談到此為止。

週五，C 市暴雨，五月份的雨居然可以下得這麼凶，街道籠罩在茫茫水霧中，天和地的界線模糊，公車彷彿在湖裏行進，像一艘艘船，偶而幾個走著的弱小人影，似乎很快要摔倒在水裏。然而這一切和在家裏睡覺的他有什麼關係呢。

可能是雨沖壞了電纜，他家停了電，也就意味著工作暫停，烘焙難以為繼，甚至沒有光照讀雜誌。他百無聊賴刷著手機推送在床上沉沉睡去。迷迷糊糊的時候，他聽見手機響，女孩子發來一張圖片，是她做的簡易鳳梨派，切成四塊，灑了楓糖擺在描花邊的盤子裏，意外地沒有速食感，她抱怨說雨太大，去超市的路上也沒有傘，然後整個人從頭濕到腳，她還說為了避雨拐進一家理髮店，局促著剪了個頭髮，她把長髮剪短了五公分，雨小了一些時，她才要理髮師住手。最後她說鳳梨派非常好吃。

　　他再度睡去時居然夢見了她，街道是灰白的，浸在水裏，她穿著鮮紅色的弔帶背心，濕漉漉的髮梢蜿蜒在雪白的脖頸上，手裏提著大大的鳳梨，在雨裏飄飄搖搖地倔強地走，他還夢到她在廚房裏的樣子，剪短後的頭髮紮成小小的馬尾，圍裙之外裸露著手臂和腿，她搓揉著右手手指，使楓糖均勻淋上派的表皮，那動作溫柔得似有深意。

　　他醒來的時候，猛然打了個寒噤，臥室的窗戶開著，地板上一大塊已然濕透了。

　　週末的時候，他終於等來女孩的第三次聯絡：

　　"我想吃格子狀的鳳梨派，送貨上門的那種。"

　　她不仕學校，租住的公寓的地址七拐八拐的，他找得十分費勁，幾乎要懷疑是惡作劇，最後找到那偏僻的小樓時，他卻一下子露了怯，找路的怨氣一下子沒有了，敲開門，是一個皮膚很白的女孩子，穿著浮誇的敞開式的白色睡裙，像是從門外探出來一朵百合花，他發現她比他那女同學好看多了，應該說，她這樣好看讓他措手不及，女孩慢吞吞地繫上睡裙的最上面那顆扣子，說："進來坐坐吧。"

　　她住的這小房跟雪洞似的，與其說是乾淨，不如說是呆板簡陋，缺乏浪漫生氣，和她綴滿蕾絲的睡裙格格不入，她看出他的疑惑，解釋說："和男朋友分手後，我從他的房子裏搬了出來，前幾天才找到這個地方落腳，這樣偏的地方，他才找不到我。"她的解釋倒使他的疑問更多了起來。女孩起身給他倒咖啡，這樣一眼望到底的地方，居然有熱咖啡喝，"還不知道怎麼稱呼你咧？"她問，"我姓王。"他說，後面兩個字太娘，他說不出口，"你叫什麼名字？"亞紀。"

"誒，是真名嗎？"

"你猜啊。"她笑了，眼神和語氣都像是水池裏搖擺的魚尾，只能遠望再抓不住。

"你也配得上這類名字。"他心想。

"高中的時候喜歡吉田亞紀子，就強迫大家這麼叫我，久而久之居然真成了我的名字。"

《被微風吹拂的草原》，他突然想起這首歌，他的少年時代，廣播站經常放的這首歌，好像歌手就叫吉田亞紀子。不得了，他又想起那位穿鮮紅背心的女同學，總是夾著一本薄薄的 CD 奔跑著，趕在下課鈴響之前，鑽進廣播站的小屋子裏，然後這首歌就會伴著中午放學的人流如期響起來。

他把便當盒從包裏拿出來，揭開蓋子後，熱鼓鼓的香味愈發膨脹，鳳梨派有著渾圓成熟的夏天的形狀，這是她的私人訂製。

亞紀用小刀劃破那些格子，拖汁帶液，她緩緩用刀叉起一塊放進嘴裏，不露聲色地觀察著他。他矜持地坐在房間的一角，垂頭像小學生一般等待她的評價，她笑著說："果然甜得跟鬼似的。"然後啜飲了一口苦苦的咖啡。味道中和起來，在口腔裏包裹成一團軟塌的活物，這口感很難形容。

他的表情，始終緊張得讓亞紀恨不得遞支煙給他。

亞紀放下杯子問：“我該給你多少錢？”他報了個合理的數目，亞紀微笑著說：“如果我用一個還不錯的故事，抵消這個費用，你會不會因此記住我？”

這種女孩子很狡猾，她不僅要人愛她或憎她，還要人記得住她。

對，這裡有適合說故事的時間和地點，一個無限接近於空白的房間，兩個人，咖啡和派。窗外卷起烏雲，最近似是雨季，雨總是來得及時去困住人，彷彿他一走出房間，雨就會義無反顧地下起來。

她說的這個故事，我們用第一人稱來講。

我。

15 歲之前我都過得很平常。很小的時候，媽媽讓我練鋼琴，我熱衷於偷偷地在她看不到我的片刻，光著腳，在鋼琴的踏板上來回摩擦腳踝，鋼琴沒有學成，我又去學芭蕾，在 13、4 歲少女胸部剛剛發育的時期，又迷戀上觀察他人身體的弧線。芭蕾沒有學成，媽媽讓我專心念書，可是我對念書沒有興趣，我的興趣在於睡覺和發呆。

15 歲，我念高一的時候，有一次在街上對著一扇櫥窗發呆。突然一塊玻璃飛快地擊中了我的下巴，我摸著下巴，血就從手指縫裏淌出來，然後一個人被直直地從門裏摔了出來，橫躺在我腳邊，我怔住了，不敢動，又有幾個人被另一些人從屋子裏拖出來，最後出來的人，是身上唯一沒有血跡的人，我至今記得他從門裏走出來的樣子，就像是電影裏突然空降到生活中的人一樣，他朝我看了一眼，下巴的傷口突然抽搐著疼了一下，他走過來，我就覺得傷口越來越疼，他把我的下巴端起來的時候，我疼得倒吸一口涼氣，眼淚汪汪地抬起頭來看他，他沒有說抱歉，他問："你叫什麼名字？"

那天下午他讓身邊的一個人幫我包紮了一下下巴，然後請我去喝冷飲，我一邊喝冷飲，一邊晃著腳，他不喝，只是看著我，然後說我很好看，要我做他女朋友。冷飲店好安靜，我在心裏默默地彈著一首鋼琴曲，並不著急回答他。他也不著急，把手放在桌子上，好像，在聽我的鋼琴曲。

冷飲店的牆上有五彩斑斕的便利貼，我把我的名字寫在一張便利貼上，然後讓他把他的名字也寫下來，順便說一句，他姓甘，我們叫他明哥，我沒有把便利貼在牆上，而是貼在桌子的背面，完成這個儀式，算作我答應了他的請求。你看，其實我對此人一無所知。

我在一周之後才知道，我是他當時交往的第四個女朋友，是，他同時擁有四個女朋友，這只是一個被量化的數字，不被量化的，是他那些沒有名字的女人們。從那以後，每天下午放學，都會有戴帽子的不良少年在教室門外等我，同學們以為是我的男朋友，老師也找我談話，那不是他，他們想錯了，那往往只是他手下不起眼角色的一個，對，他就是你想的那種人。那少年會帶我去見他，我去他的大房子裏，坐在他的膝蓋上吃東西。又過了一周，他的女朋友變成兩個，又過了一個月，我變成了他唯一的正牌女友。

　　在黑道，老大的女朋友需要承擔各種重要角色，我陪他去夜總會之類的地方開會，穿著校服捧著一杯果汁坐在旁邊，他的那些同僚問我會不會跳舞，我說只會一點芭蕾，他們就死命剋笑，他同我在一起的最初一兩年，變得好收斂，他儘量剋制不在我面前抽煙，不讓任何人給我灌酒，也不讓我看到他們打架的場景，談事情談不攏，他們會抄傢夥出來，他就溫柔地捧著我的臉，讓我把頭轉到一邊。那一兩年是我最開心的時間，接我上下學的人慢慢從小混混變成他的心腹再變成他，他親自開車，在他的車上放吉田亞紀子的歌，我跟著小聲地唱。我還是對他所知甚少，但我知道自己是他的寶貝。

　　事情開始變壞是從 17 歲開始的，我長大一些後，他的寵溺似乎減少了。我開始有了成年人的樣子，抽煙，喝酒，避孕。同齡人在討論愛情中最重要的事情是包容還是信任時，我說避孕。

　　我變得厭惡每天與他睡去時，要猜測我是他今晚的第幾位，也變得厭惡要去留意家裏別的女人的痕跡，他明明說過只帶我回他的這座房子，他的家。然後我想要逃離他。我接受了學校的一個男孩子的情書和花，我跟他躲在走廊角落接吻，第二天這個男孩子被一群混混打斷了手，只有我知道是因爲我，可是我不怎麼喜歡他，除了抱歉也無其他，後來我快畢業的時候，喜歡上又一個人，那是我真正自發地喜歡上一個人，我不敢接近只是遠遠地在看臺望他踢足球，後來這個人被綁了起來丟進了臭水溝裏。我知道後拿了一把刀藏在袖子裏，找明去決鬥，我要爲我的愛人決鬥，然後明說，你的愛人不是我麼。我舉刀對著他毫無反應的臉，哭得稀哩嘩啦刺不下去。

不是所有不良少女都只能家裏蹲，我就上了一所很好的大學。我選了離家最遠的城市，以爲這樣可以擺脫他。這一次他沒有留我。我大一的時候，談了新的男朋友，非常平庸的人，對我很好，有一次在小飯店吃飯，我看到電視螢幕上，他的心腹被抓了，這件事作爲"打黑"典型，被那陣子的電視新聞大肆報導，我在那段時間，瘋狂地搜索網絡上的有關新聞和視頻，對他的渴望和想念，突然之間熊熊燃燒起來。我發現，我早就學不來過普通人的日子了，然後我和男友分手了。

我知道他終有一天會找上門來。大二的上學期，他毫無防備地出現在我們的專業教室裏，安安靜靜地坐在最後一排，就像一個普通學生一樣。我長大了，他正成熟。我們一句話沒說就復合了。他在這邊買了房子，我們一起住，像夫妻一樣生活。

這次分手的原因麼，很簡單。明死性難改，去玩別的女人，我想分開，他不准，我們的故事就這麼一遍遍死循環，到達某個極值，他放我走。我從明的家搬出來，換掉一切聯繫方式，不希望他找到我，這次就算找到我，我也再也不回頭。

亞紀的敍述在她略帶怨念的笑容中結束。

他花了很長的時間從那個故事裏掙紮出來，把注意力轉移到當下，小房間，這個著白色蕾絲睡裙的看上去純潔無邪的女孩子，以及鳳梨派。他昨天晚上很晚才睡，他把所有製作派的材料全部檢查了兩遍，又在腦海裏溫習了三遍，這才遲遲睡去。所以他此刻覺得很困倦。他深深抿了一口咖啡，咖啡已經開始發酸，窗外好像又下雨，雨滴滴答答，彷彿要下到屋裏來。

他也有過那樣轟轟烈烈說起來像夢一樣的故事，儘管只有短短一個下午，廣播站，天氣悶熱的夏天的午後，鮮紅色的背心，雪白的脖頸，遊離的靈魂和交織的軀體。他輕輕咬下一口鳳梨，甜得思路中斷。

他 24 歲的最後一天晚上，給自己做了意式乳酪炒飯，滬式蒜香排骨和粵式蠔油生菜。收音機在播放即日起天氣轉晴的消息，他遲遲沒有動筷，彷彿有一個值得等待的人，在等什麼呢，有一種模糊的感覺讓他等，在電影裏，吃鳳梨罐頭的人也生日，也在等一句生日祝福，為什麼他不能等，一個短信，一條微信，一封郵件。他等來的是一個電話。

電話那邊是亞紀興奮的聲音：「王先生，我給你買了蛋糕哦！大蛋糕！你住哪裏，我去送給你！」電話那邊雜音挺大，她應該是走在馬路上。

他受寵若驚地說了地址，把坐什麼車走什麼路口都交待得清清楚楚，他沒想到，他等來的將是一個女孩。

他把所有的食物都蓋上蓋子，把鮮花從臥室擺上餐桌，滿天星不能配和風，他把桌布換成素的，他把每一把椅子都扶正，把餐廳的光調暗一格，收拾好餐廳，他開始收拾廚房，把刀叉洗乾淨，還有很多髒盤子，他一邊計算著女孩坐車的里程，一邊有條不紊地收拾，冰箱，打開的一瞬間的印象很重要，玻璃瓶子們擺在一起，形成美妙的秩序感。客廳，不看的雜誌都收回架子上，地毯上的食物碎屑都清掃乾淨。陽臺，內褲收起來，植物快枯萎了，咬咬牙扔掉。廁所，牙刷多放一支，杯子上的牙膏漬要擦。臥室，襯衫一件件折疊好放進衣櫃，把最好的一件西裝拿出來掛在衣架上。

他的家已經煥然一新，可是她還沒有到。

就算是路癡，也應該到了。他越收拾越慢，心裏越來越慌，他坐了下來，疑心剛剛的電話只是一個夢境，可是手機的來電顯示清清楚楚，他打了過去，沒有人接電話，"亞紀"兩個字，明晃晃地刺眼，"亞紀"也不過是個假名字，查無此人，她說的故事，也可以是個假故事，大學女生手機裏流傳的總裁文，改一改就可以。她這樣美，所以可以無憂無慮地騙人，偏偏騙倒了象牙塔裏的他。

也有可能是車禍，他不願意想，寧願是幻覺，也比車禍好。

他沉沉地在廚房一隅睡去。

醒來時，他發現自己已經 25 歲了，他的手機裏收到亞紀的長長的短信。

"王先生，生日快樂，真抱歉沒能過來。我的確提著一個大蛋糕，走在去往公交站臺的路上，我很快樂地走出街口，一輛巴士停在我面前，巴士開走的時候，我看到一個人，出現在馬路對面，王先生，是他呢。我看著他，看了有半分鐘，他也在看著我，他只有一個人，也並不坐在車裏，他這樣多危險，我從來沒見過他一個人出現的樣子，他就站在馬路對面，神色有說不出來的疲憊，我看過他飲彈，他逃亡，他流血，卻從來沒看到過他那麼疲憊，我風華正茂的時候，他開始了衰老，他從馬路那邊走過來，就像 4 年前從門裏面走過來一樣，我想走卻走不動，他過來拉住我的手，說‘帶我回家’，然後，王先生，抱歉，如果把喜歡比作致命傷的話，他無疑是對付我的核武器，我躲起來的意義，就是被他發現。然後，王先生，我帶他回了家，但是我沒有忘記和你的約定，我託了一位朋友把蛋糕送到你家門口，如果不出錯，你現在　打開門就能看到。我們回家後，睡了長長的一覺，我現在仍然不知道，爲什麼失戀那一刻我那麼想要吃鳳梨派，但是我現在已經找回了像鳳梨派一樣的，愛情的感覺，聽說天氣會轉晴，謝謝你，王先生，再見。”

　　他慢慢地起身，身體感覺到劇烈的酸疼，他打開門，門外的確有一大盒蛋糕，蛋糕上有一張賀卡，亞紀用大大的誇張的字體寫上“happy birthday”。他把蛋糕搬進屋裏來，然後拉開了房間的所有窗簾，並打開音響，讓吉田亞紀子的歌聲，能傳到被微風吹拂的草原上去。

　　他 25 歲的這天早上天氣晴好，所有的陽光都不吝嗇地投向他的廚房：

　　鮮牛奶，淡奶油，蛋黃白砂糖，低筋麵粉和玉米澱粉攪勻，小火加熱攪拌，濃稠後離火冷卻，再摻百吉福乳酪布丁，這是餡，軟化好的黃油，加糖粉，奶粉、全蛋液攪拌均勻。低筋麵粉和玉米粉。揉成麵團，冷藏好的麵團，擀厚片。隔著保菠蘿切成薄片，碼在派盤中，放入烤箱。

他有條不紊地做好了一個鳳梨派，這是他給自己的私人定制。

甜得像鬼一樣的，完全不給味覺留餘地的味道，卻剛好被他需要。他的胃和頭腦都理直氣壯地撒嬌："電影裏，失戀可以吃鳳梨罐頭，爲什麼我失戀不可以吃鳳梨派啊。"

後記：王曉諾先生是豆瓣上活躍的烘焙發燒友，有一天早上胃口和心情同時抑鬱，向他討教了鳳梨派的做法，答應過王先生要用不錯的故事交換，於是寫下了這篇小說。又過了兩天，看到他曬出鳳梨披薩，沒辦法，"鳳梨派甜得跟鬼一樣"嘛。

老段的愛情

毛紫昀

一

那是我們高中畢業後的第二次同學聚會，兩年未見的同學們聚在一家火鍋店裏。

坐在我旁邊的是我的高中同桌，叫老段。高中畢業後我去了長沙，他去了北京。兩年沒見，我們之間也沒有過分熱絡的聯繫，讓我和他有點生疏。

當老段的眼鏡上蒙上第一層霧時，我問他：最近過得怎麼樣？彷彿是漫不經心的一句"還好"拉開了我們兩個塵封了兩年的話匣子。

高二那年，我倆做了同桌。他也是這樣坐在我的旁邊，只是，桌上沒有酒。

我知道老段一直喜歡我們班上一個叫小洛的女生。據說他們從初中便是同學，高中還是，他們認識了多久，老段就愛了多久。

　　我總覺得老段的愛情是一段看不到光明的單戀。有點悲哀，不管老段如何努力，似乎總是看不見未來。

　　我們班的班主任比較嚴，所以我們班的晚自習向來安靜。高中三年，我只記得有兩件讓全班都無法安靜下來的事。

　　一件事是小洛的心臟病突發。班裏一下子炸開了鍋，老師慌亂地叫著救護車。大家也無心學習，都在小聲議論著、目送著救護車把她拉走。我一直觀察著旁邊的老段，期待他能做些讓那女孩刻骨銘心的事情。但他卻異常平靜，表情十分凝重，幾分鐘內都抿著嘴，不說一個字。

　　班主任回到班裏後，班上的議論聲戛然而止。幾分鐘後，老段猛然起身，椅子都帶翻了，只見他走向講臺，對班主任很嚴肅地說道：「老師，以後在她有事的時候，我想在第一時間在她身邊，行嗎？」

　　等到再次回過神來才發現班裏又一次炸開了鍋。這是第二件事。

　　在連牽牽手都會被認定為大逆不道的、嚴抓早戀的高中，有勇氣在自習課，並且是當著班主任和全班同學的面說出這句話，現在想想也是人中呂布、馬中赤兔啊。班主任當場就嚇懵了，不知道怎麼回答。我也一下子呆愣在那裏。

　　愛情是足以焚身的烈火，不管是聰明人還是笨蛋，愛上了，都成了飛蛾。

　　說實話，在當時為了學習萬念俱灰、並不看好任何一場高中戀愛的我，竟被打動了。

　　班主任也被打動了，答應了老段的請求。雖然事實證明，接下來的時間小洛的心臟病沒有再犯過，老段也沒有了「第一時間出現在她身邊」的藉口。

二

　　「老同桌，脫單了嗎？」我拋出這個大學同學聚會再常見不過的問題。

　　「嗯。」他漫不經心地撈起一片羊肉。

　　「是她嗎？」

　　他想了想，說，「不是。」

　　我突然呆愣在了那裏，有點驚愕，有點恍然。

　　高三彷彿是昨天才剛剛發生的事情。

　　而我的高三，是伴隨著老段的愛情故事一路走來的。

　　老段總絮絮叨叨的，而我又話很少，能夠安安靜靜聽他講話，並且不會洩露出去，所以他很願意把一切心情分享給我。

　　一大早，老段說：「昨天我進空間，看到動態：你可能關注的人……上面赫然是她的名字……我瞬間石化了。」

　　數學課，老段說：「上數學課老師叫她回答問題，叫到她的名字的時候我的心突然漏跳了一拍。」

　　吃完飯，老段說：「在食堂，只要是她在，我就能一眼看到她，就算是我沒看到她的臉，我都能感覺到她在人群裏發光。"

又一次吃飯，老段說："吃飯時遇到她迎面走來，朋友說那個女生好漂亮，我的心裏竟然是一種很不一樣的感覺。"

考完試，老段說："我很煩考試。"我說："你學習那麼好還煩考試？"老段說："因爲考試插花她老和我一朋友坐到一起，雖然我們兄弟倆關係不錯，但是我看到他倆一起去考試，還是會不爽。"

就算是吃到一顆糖，老段都會發出一段很長的感慨："她以前喜歡坐在我的面前吃糖，很甜很甜。喜歡奶糖，金絲猴，不過最喜歡的還是大白兔，比金絲猴還要甜一點。小白兔，和她一樣可愛的，只喜歡奶糖。"

……

三

老段說這是他的愛情。我說愛情是兩個人的。老段說因爲這種感情我只對她一個人有過，牽掛，難以割捨。我無言。

這段歲月一路走來，充滿了艱辛和血淚，但是我覺得老段很幸福。他的艱辛和血淚要比我們要多一點。

多多少呢？

離高考還有一個月，壓迫和緊張感襲來，時間成了再珍貴不過的東西。即使在那個特殊的時期，老段依然抽出自己很大一部分時間來幫助小洛補習數學。

　　每週我們唯一一個可以放鬆的機會就是體育課，老段依然不折不撓追到體育館來幫助小洛補習數學，當著許多女生的面，他叫她出來講習試卷，然後又在眾目睽睽之下，被殘忍地拒絕。

　　他一個人回來，對我說，"我真的想用每一點可以利用的時間去幫她，甚至到沒有自我，沒有尊嚴……"

　　在高考這場大難前，每個人都要為了自己拼個你死我活，而老段卻肯把自己寶貴的時間騰出來幫助小洛。所謂愛情，不過如此，也本該如此。

　　高考前一天，老段鄭重地在書桌上刻上這樣一句話："我比任何人都希望你幸福，只是想到你以後幸福不是因為我，還是會很難過。"

　　夕陽斜斜地射進了我們的教室，我們慢慢地收拾著書桌，不是因為明天我們將奔赴考場，而是因為一場離別將至。

　　我突然間好想哭。

四

　　我已經喝乾了一罐啤酒，臉上發燙，有點微醺了。

　　老段正在喝他的第三罐。

　　我們的話漸漸多了起來，我說："你還喜歡小洛嗎？"

　　"喜歡。"老段毫不猶豫，"我以為我找了女朋友之後會忘記她，會愛上身邊的這個人。但是一件事情之後，我發現我做不到。"

"什麼事？"

"那天我接到一個電話，她打來的，她說'我一個人跑到了南京，走丟了，也沒人管我。我就想試試我能記住幾個人的電話。除了我爸媽外我第一個記住的電話就是這個，但是我不知道是誰的。原來是你的。'接到這個電話我久久地說不出話來，心跳加速、心神不寧，晚上失眠，接下來的每一天都念念不忘。我就知道我喜歡的人一直都沒變，一直都是她。"

我的眼不知道什麼時候濕潤了。

兩年了，大家不再穿校服了，女生不再紮馬尾了，男生不再留平頭了，越來越多的眼鏡從鏡框變成了隱形，越來越多的同學從當年的素面朝天變成了現在的胭脂粉黛。

兩年了，一切都變了，但是有些東西好像從頭至尾都沒有變過。

比如老段的愛情。

或許那不是愛情，但它會一直留在青春的深處。至少有天記憶記不住了，時光還會把它銘記；有天時光記不住了，書桌的邊角還會把它銘記。

五

那天，直到聚會結束小洛都沒有再來。

老段沒能得到一次順理成章的機會，再和她見上一面。抑或是她沒能抓到一次機會，再來見一見他。

　　從聚會一開始他便不停地灌酒，多少人在旁邊勸他
都勸不住。

　　我沒勸。一個人要想醉的話，誰也擋不住的。只是，
不知道他懂了沒，醉也終究是暫時的，清醒的時候留下
的，只有失落。

　　終要散場，只記得那個時候忽然間下起了磅礴的大
雨。大雨傾盆而至，像極了天地間一次撕心裂肺的哭泣。

　　酩酊大醉的老段應該沒看見。或許，她看見了。

　　只有我知道，這場雨，用了八年的時間，都沒能窒
息了這顆癡情的種子。

良緣三春

毛紫昀

　　他已經老到走不動了，只能每天躺在搖椅上，曬曬太陽。

　　他的頭頂是一架藤花，旁邊養著幾株蘭花，還有一隻安靜的獅子狗。他閉著眼睛小憩時，腦海中突然間記起他還是個少年的時候，有個算命先生曾經預測過他的命運。

　　記憶太遠已經有些斑駁了。依稀記得，也是在這樣一個有陽光的下午，他家高高的府閣來了一位算命的先生。他當時已經在當地有名望的學堂讀了七八年書，受了新式教育的他，姑且把算命先生的話當做一番唬人的封建迷信，而沒有放在心上，只是模模糊糊聽到他說他這一生會遇到三個很重要的女人。

　　在已經過去的大半輩子裏，他並沒有在意這些話，也是奇怪，反倒是在多年之後，直到他年老，憶起這些話的時候，竟開始有意無意地對號入座起來。

　　半晌，他喃喃自語：他說得很有理……

　　　　　　　　　　一

　　最初的時候，他的家道很是富裕，父親是宏興絲綢行的老闆，母親在生他時難產而亡、他作爲父親的獨子，從小便受盡父親的寵愛。

　　八歲起，他便進了學堂讀書，讀了十多年也沒讀出個什麼名堂，因爲他深知自己是註定了的要繼承父親的家財萬貫，於是他便每日和幾個公子哥兒們虛度時光、空熬日子。每當放學的鈴聲一響，他們就來到當地有名的夜鶯歌舞廳。

　　年少的他情竇初開，內心有一種對美的事物的渴求，尤其是看到歌舞廳裏風姿綽約的歌舞女。

　　她們大多正值桃李年華，卻化著與年齡並不相符的濃麗的妝容，蓬鬆的捲髮貼著前額，緊身的旗袍裏露出雪白的大腿，眼神裏裝滿了無奈卻也有了超越年齡的滄桑寂寥。一隻戴了白色長手套的手輕輕挽住一副西裝革履，或隨著音樂翩然舞動，或陪在他們的身邊笑得花枝亂顫。

　　第一次陪他跳舞的是個叫蘇小晴的舞女，長他兩歲，說話的時候一雙眸子亮閃閃的。不知爲什麼，他對她的印象就是清純，即使他所在的學堂有很多冰清玉潔的大戶人家小姐，但是他卻覺得她的清純可人更勝一籌。可能就是她處於一個容易惹出是非、擦出火花的場所，反倒掛著一副不食人間煙火的神態。他能想到的就是：出淤泥而不染，這麼一句。

伴著舞廳吱吱呀呀的慢舞曲，她教他跳舞。一晚上他的臉紅了好幾次，一次是他剛剛摸到了她旗袍下瘦瘦的腰，一次是他第一次碰觸到了她的眼睛，再有幾次就是他走錯了舞步，踩到了她的腳，他的臉都是刷得一下就紅了。他感到臉上燙燙的，心也跳得出奇的快。好在她不介意，還在寬慰他：初學者都是這樣的，你這樣讀過書的人，總歸比普通人學得快些。好在舞廳的燈光很暗，只點了一盞慢悠悠滾動的燈球，照不清他的臉。好在他也很爭氣地一晚上就學會了。

臨走的時候，她送他到門口，他看到她的白色高跟鞋被他踩得髒髒的。隔天再來的時候，他買了新的鞋子送給她。年少的他尚且不懂得如何討得一位女子的芳心，只是單純地有某種熾熱的幻想想全心全意地對一個人好，想把最真摯的、甚至是心血來潮的善意換作對方的一點歡樂和感激。

看得出來，蘇小晴很高興。他們跳舞的時候，說了很多話。他才知道她是因爲家裏太窮，爲了養家被迫出來的。於是他幾乎每天都來，每次都帶著首飾或者是錦盒絲緞包著的禮物。

二

他從搖椅上挪了挪，抬眼是燦爛的陽光，照得他睜不開眼。

　　恍然間，一陣帶著柳絮的軟綿綿的四月春風吹過，那種帶著溫暖香氣的春風好像喚起了他的回憶。

　　熟悉的味道好像帶了重量，敲打著他的心，讓他莫名地想要流淚。

　　是啊，那是六十年前的一個午後，他和她一起走過的街頭。

　　漫天的柳絮如夢如幻，沿湖的遊船上只聽見琵琶面板兒唱著兒女情郎、錦繡春光。

　　他記得那天他送給蘇小晴一捧淺粉色的玫瑰花，吹面不寒的楊柳風拂得人心醉，暖風有點讓人意亂情迷。他吻了蘇小晴的唇，他的手心還出了汗，但是他記得那是一種讓人心癢的感覺。他還清楚地記得，陽光下的蘇小晴眯著眼睛在他耳朵邊輕輕地告訴他：你送我的這月季好美。

　　是的，她把玫瑰當成了月季。這句話他還能清楚地記得。

　　一九三八年，他父親的宏興絲綢行突然間倒閉了，一時間外債連連，他的父親因為受不了突如其來的變故，吞食鴉片結束了性命。他從衣食無憂、前途光明的富家少爺，一夜之間淪為一無所有的青年，連曾經富麗堂皇的府宅都賣出去抵了債。

　　他眼看著一家大大小小三十幾個丫鬟、老媽子收拾了行李，涕淚漣漣地走出府邸。尤其是那些老媽子，平日裏一副忠誠盡職的樣子，卻在最後時刻，當著這個曾經的大少爺的面，狠狠地罵著。他能理解，這片高牆大瓦曾經埋葬了她們太多太多的青春，承載了她們幾乎是全部的寄託。她們苦苦掙紮了大半輩子反而到年老之時淪落成無家可歸的下場，讓她們如何不想！如何不恨！

但他倒似乎很快就放下了悲痛，仔細清點了家當。這年冬天，他便在街角上開了一家小小的旗袍店。

這家店很小，只有一間門面房，進門的左手牆上掛著幾件做好的旗袍，叫做樣衣。樣衣下方的玻璃櫃檯上擺著很多卷絲綢——全是曾經的宏興絲綢行留下來的貨尾。右邊的牆上掛著一副長長的幔子，圍住一方空地構成一個試衣間。不仔細看，看不出，幔子後面還有個小門通向一個小四合院兒，這個小小的居住空間也屬於他。

他沒有學過裁縫，裁旗袍的手藝都是自己慢慢摸索來的。他和蘇小晴交往的一年，因爲頻頻進出夜鶯歌舞廳，他已經摸透了當時最時興的旗袍款式，並且能準確地從這些歌兒舞女身上找到流行的動向。

然而在他的旗袍店已經漸漸地有了名氣的時候，他的蘇小晴卻離開了他。

她說，我只想跟個有錢人過一輩子，當時能跟你好也只是因爲你是梁家的少爺，跟了你能換來後半輩子的衣食無憂，我就認了；現在你什麼都不是了，我也該離開你。下個月我就嫁人了，是國華大飯店的老闆陳老爺。

他的店三天沒有營業，他躺在床上呆呆地盯著天花板，眼珠子好長時間都一轉不轉。他把她的照片撕成碎片丟進火盆，沉寂的火盆裏瞬時燃起了熊熊的火焰。火焰似不安的幼芽，長勢洶洶，吞吐著熾熱的火舌在盆子裏跳躍，彷彿永遠不會熄滅一樣。但是這火焰還是很快地熄滅了，火盆又一次陷入死寂，竟像極了他的第一份愛情。他終於在壓抑了許久之後失聲痛哭。

三

　　他的旗袍店每天都能迎來許許多多的小姐少婦們的光顧。一九四二，一個很混亂的年代，經濟並不景氣，但是卻阻擋不了闊太太們買華麗的衣裝，阻擋不了她們對美的追求。

　　他更少言語，低頭做著他的旗袍，每一件都花了大量的時間精力來設計剪裁。每件旗袍不分款式，都是五塊大洋，不還價、不議價，喜歡你就買走。

　　久而久之，闊太太們都以能穿上他梁春生的旗袍為一件很值得炫耀的事情。

　　一個硝煙戰火的年代，一條灰煙滾滾的街道，疲憊的人群中，華麗精緻的旗袍點綴在中間，悲涼之中突兀著幾抹豔彩，刺得人眼生疼。

　　又是一年春天了，萬物復蘇的季節，他的第二段愛情，好像也開始萌芽了。

　　女人是當地一個富商的二姨太，叫做許薌。富商總共娶了五房太太，她排第二，上有元配太太做主當著半邊家，下有新嫁娶的小妾仗著恩寵興風作浪，許薌難免受到冷落委屈。久而久之，她便坐不住了。

　　她是他的常客，總是光顧他的旗袍鋪子，日子久了，他們便熟絡起來。她給他指點衣服的式樣：現在這種高領已經不時興了，而流行低領，領子越低越"摩登"；這袍兒的長度還要再短些……

他照著她的意思做了一件黑色暗花的旗袍，從領口一直到斜襟綴了一圈精美的上海蕾絲，用兩排金色的西洋扣子代替了傳統的盤扣，傳統精緻中有說不出來的時尚與別致。夕陽斜著照進了他的鋪子，試衣間的門簾拉開了，她穿著那件黑色旗袍亭亭玉立地站在他的面前，站在柔柔的陽光裏。

他的目光碰觸到了她的眼神，那樣含情脈脈、溫柔似水。她的臉上不知什麼時候出現了兩抹含羞的緋紅，嘴角掩蓋不了她的笑意。她緩緩地旋轉，展示著他和她的這件傑作。旗袍之外，他看到了她雪白的大腿，近乎完美的腰身；她背對著他站立的時候，她白皙挺立的脖頸，頭上那慵懶的螺型髮髻……她穿著旗袍，彷彿是花枝承裝在瓶裏，清麗驚豔，如一曲花間詞闋。

他幾乎瘋狂地從背後環住了她瘦瘦的腰。

那一刻，他知道他又戀愛了……

四

他生在春天，他的名字就喚作春生。一年四季，他最鍾情的也是春天，大地回暖時泥土的氣息，梁間燕雀啼叫的聲音，還有傍晚時人間的陌陌紅塵，都是他愛的。華燈初上的時候，他就關了店鋪，慢慢地走在街上，內心有一種說不出來的溫暖的感覺。他會在一瞬間從內心迸發出對人間的摯愛和留戀，即使那段時間他可能過得並不好，他也會覺得莫名的滿足。

花開得越來越好了，夜晚的嫋嫋香風裏，許蘅枕著他的胳膊輕輕地說：我們逃走吧，去另一座城裏去，你還開著旗袍鋪，我替你顧著家，再替你生個大胖娃娃。逃吧，明天就逃走，明兒一早我就回家裏去收拾東西，中午十二點我在城門等你……

他聽到"逃"這個字眼的時候，心"咯噔"了一下。他一下子醍醐灌頂，這才明白過來這段時間來自己在做著些什麼。好像他一直以來都在做個很長的夢，夢裏他是歡樂的，什麼都不用考慮。

他一夜無眠，從年少時在學堂浪費的時光，一直追憶到歌舞廳那個他一度認爲很是清純的舞女，再到家境敗落後的他的旗袍營生，最後他重新審視了他的這段恍如夢境般的愛情。但是就在剛剛，他的夢醒了。

天快亮的時候，他睡著了，醒來時許蘅已經回去了。

他彷彿是一夜之間脫胎換骨了一樣，人生觀和世界觀都有了很大的改動。他寫了一封回絕許蘅的信派人送了過去，然後他便收拾了柳條箱子，去了另一個地方。

一九四二年春天，他什麼都沒留下。

五

他在柳鄉安了家，憑藉著小時候認識幾個字，在這裡當了教書的先生。

　　青藤靜靜攀在漆跡斑駁的舊牆邊，一抹新綠彷彿在提醒他春天又來了。而此時他的生活卻沒有一點生機，如古井裏的水般平靜，反倒是有點死氣沉沉了。

　　又春天了，萬物都在蓬勃生長，他站在藤花樹下，踱過來又踱過去，來來回回都是他自己的身影，他忽然間覺得倦了。很快，他便在媒人的安排下和一個姑娘見了面。

　　連他自己都沒有想到，他見如煙的第一面，就相中了這個姑娘。如煙長相平平，身材也很一般，但是看起來懂事又非常能幹。要是放在早年間，他是絕對不會愛上如煙這種平凡的姑娘的，但是這麼些年過去了，他的很多觀念都默默地發生了改變，他的心裏竟非常的踏實，當下就有了要和她過一輩子的打算。

　　他和如煙結了婚，他們小小的家不敵昔日梁府的十分之一大，飯菜都是時蔬，衣服都是棉麻，他反而在這樣的生活中找到了生活的含義所在。

　　如煙剛洗過頭坐在藤花下，在午後的陽光下半眯著眼睛，他就拿了扇子輕輕爲她扇著，輕柔的髮絲飄散開，到處都是三風牌頭油的清香。如煙做了精巧的菜肴，他就端來溫熱的佳釀，藤花蔭下，攜手終老，與子同袍。閒來沒事的時候，他就握著她的手，教她學寫字。有時他什麼也不做，只站在滿院的花蔭前，靜靜地看著如煙繡花。

　　又一年春天，如煙生下了一個兒子。

　　有一天他午睡醒來，屋裏靜悄悄的，只有大鐘有節奏擺動的聲響。他看見如煙睡在他身旁，再遠一點，他的兒子也在雕花小床上安然甜睡，一個柔軟的小被子伴隨著他的呼吸一起一伏，他感到幸福得有些不太真實。一種無比激動的心情竟油然而生。那一刻，他感動得想哭。

六

他躺在搖椅上閉著眼睛搖呀搖，夕陽的餘暉灑滿了整個小小的院落。

又幾十年過去了，他的兒子長大了，後來他的孫兒也長大的。在他晚年的時候，他的小院兒又恢復了平寂。只有那些藤花、蘭花們年年相似。

傍晚的風兒暖暖的，還和幾十年前一樣，帶著點花香，只是多了些回憶的重量。

突然，門吱呀呀地響了。

身旁的獅子狗飛奔跑到了門邊。一個白髮蒼蒼的老太太拄著拐杖，手挎著菜籃子站在了門邊。

他坐直了身子，看著門邊的老人，臉上露出了笑容。

"我的如煙回來了。"

情　書

王彥傑

南國落葉，北國飄雪。

就在結束致詞的那一刻，"最後，多謝大家的到來，我太太泉下有知的話，一定會非常高興的。"林致遠先生難以掩飾內心的悲痛，還是忍不住流下淚來。

高中時代的同學好友也來參加林太太鄭淑瑤的追悼儀式，林太太向來喜歡熱鬧，林先生不想讓她走的時候冷冷清清，便把能邀請到的親戚、朋友都請來了，也算是他能爲她做的最後一件事。

雪下大了，就像一年前林太太被告知患了不治之症的時候一樣。儘管她一再堅持放棄治療，但還是沒有拗過林先生。爲了更好地照顧林太太，林致遠索性把工作也辭掉了。

雪越下越大，屋外一片雪白，人們剛剛留下的腳印不一會兒便被雪覆蓋。來賓們都被邀請回了內室，家人們忙著招待各位嘉賓。林致遠好不容易忙完應酬，點了一支煙，來到了窗前，靜靜地望著窗外，他太累了，從淑瑤病逝的那天到現在，他已經幾天幾夜沒合上眼了。

「怎麼樣，還好吧？」一個中年男子拍了拍林致遠的肩。那是少華，林致遠和鄭淑瑤的高中同學。

「能有多不好，再難熬不也熬過來了嗎？」林致遠深深吸了一口氣，繼續望著窗外。「倒是你，這麼多年過去了，你一點也沒變。」

少華深吸了一口，「是啊，我一點沒變，你也一點沒變！過了這些年，你還是沒忘記她？」

「她？淑瑤？我想我是不會忘記她的，她在我身邊，陪我走過了那段艱難的歲月，我怎麼可能會把她忘記。」林致遠轉過身來望著少華。

少華看了一眼窗外飄落的雪，又看了一眼林致遠，「你當然知道我說的不是她。十年了，這雪還是和十年前一樣。」

林致遠滅掉了手裏的煙，視線在越來越大的雪裏逐漸模糊。

沒想到，已經十年了。

林致遠嘗試記憶起關於她的中學時代，他在省城念高中，那是新學期報導的第一天，天空中的雪漸漸下大了。老師點名。

「張弘毅！」

「到！」

「鄭淑瑤！」

「到！」

“鄭雅茹！”

“到！”

老師微笑道：“好了，新的一學期，我們班 43 位同學都已經到齊。今天，我想向大家正式地介紹一位新同學！”

教室的門漸漸被推開，議論聲隨之在教室裏響起，衆人把目光投射到走進教室的這位新同學。

老師將這位新同學領上講臺，“大家安靜，安靜！讓這位同學給大家做一個簡單自我介紹。”

她個子一般高，梳著高高的馬尾，穿著深色的外套，襯得她可能因爲緊張變紅的小臉更加通紅。她的長相還算出彩。她的聲音像跳動著地音符一樣動聽。

“大家好，我叫孟蓁。孟是孟子的孟，蓁是‘逃之夭夭，其葉蓁蓁’的蓁。不過，再過幾天我就要改名字了。大家還是叫我葉婉瑩吧。葉子的葉，溫婉晶瑩的婉瑩。多多關照！”臺下想起了一片熱烈的掌聲，大家都很歡迎新同學的到來。

葉婉瑩雖然有些緊張，但還是漸漸地緩和過來了，然後向老師和同學們鞠了個躬。

老師看了看教室，轉頭衝著葉婉瑩笑著說：“婉瑩，你就坐那兒。”然後伸手指了指顧少華旁邊的空位置。

少華很是熱心，坐在前面的致遠，對這位新同學淡淡地，只是突然轉過衝著婉瑩問道：“葉同學，我能問你一個很嚴肅的問題嗎？你不是信孟，怎麼改成葉啦？”

　　葉婉瑩臉上頓時露出一絲尷尬，對於這個問題，她實在不知道該從何說起。

　　少華隨手拿起桌上的一本書，朝著致遠的腦袋就是那麼狠狠一拍，啪！

　　「多嘴！」

　　時間一天天地過去，葉婉瑩和班上的同學們也逐漸熟絡起來。

　　麻煩是從那一天開始的，林致遠的桌上放著一封淡黃色紙寫的匿名情書：

　　我想在冬日裏，和你聽一季風與雪的私語，在掌心裏盛雪，用指尖寫下幾行思念。——默默在你身後的我。

　　致遠看了看，身後的我？他身後不是坐著葉婉瑩嗎？

　　林致遠嬉皮笑臉地望著婉瑩，「婉瑩，你是不是喜歡我呀？」

　　葉婉瑩對這突如其來的問題有些尷尬，「你腦子有病吧！」

　　「證據！這是證據！」林致遠拿著情書在葉婉瑩面前耀武揚威，然後在教室裏大聲念出來，還特別強調了一下最後幾個字。

　　後來，這件事也被傳到老師耳中，她連解釋的機會都沒有，還受到了懲罰。在她心裏，她一直認為這是林致遠的惡作劇，就是故意陷害她受懲罰。

　　一次，少華問致遠喜不喜歡葉婉瑩，致遠呵呵一笑：「我可不喜歡紮著馬尾的女生。」少華往致遠胸口一拳，“你小子，就是這麼膚淺。我倒是覺得紮馬尾的女生挺好的。”

情書事件後，葉婉瑩很少和林致遠說話，在她心裏，她一直認爲那是林致遠的惡作劇。倒是致遠，時常主動找婉瑩搭話，他覺得葉婉瑩喜歡她卻不敢承認，心裏始終有些小失落。

直到多年後，林致遠才知道這封情書真正的主人是鄭淑瑤。淑瑤和衆多好學生一樣，家教極嚴，父母希望她能把心思都放在學習上。可感情這種事情又豈是人自己內心能夠控制的。感情就像洪水一樣，一旦流出，便不可收拾。

雪已經變得小一些了，林致遠的身體實在有些撐不住了，在家人的一再堅持下，致遠得回家休息一下，好在他們的家離這裡不是很遠。

致遠走回到他的車子，坐在裏面，靜看著雪飄落在白色的路上。就在這時，他們高中時代的老師梁老太太來到他的車前。“可不可以載我一程？我的頭痛得實在很厲害。”

梁老太太蹣跚著上了後座。致遠跟她點一點頭，打開引擎。梁老太太跟致遠記憶裏的她沒有兩樣，只是頭髮都已經變白了。她勸致遠人死不能復生，不要過度傷心，弄壞了身體。致遠注意到梁老太太的頭痛好多了。“我不是真的頭痛，我只是想單獨和你說會話，順便轉交一些東西給你。”梁老太太微笑著對致遠說。

一時間致遠有些疑惑，轉交東西？受人之託？

　　梁老太太一路上和致遠談論著他的高中時代，她老了，記憶也不太清楚。她向林致遠講述著他們高中時代的那點零星記憶。她記得淑瑤是班裏數一數二的好學生，每次考試的成績都很優秀，經常能回答一些困難的問題。有一次測驗，致遠的成績，只得 59 分，很差。她記得當時淑瑤考了 90 分，她當眾批評了林致遠，還讓淑瑤負責幫他輔導提高。真是沒想到這兩個人竟然走到了一起。

　　還有一次，她讓淑瑤負責班裏黑板的板報，因為她的字是班裏最好看的一個。致遠當時和她一起用了幾個週末的時間去弄板報，因為致遠畫畫的水準在班裏是拔尖的。"那是我當班主任以來見過最好看的板報！"說著說著，梁老太太不由自主地發出了讚揚。

　　林致遠專心地駕著車，時不時微微一笑，聽著梁老太太細數那些過往。

　　梁老太太越說精神越好，她一向不允許班裏發生早戀這種事情，結果卻發生在淑瑤身上。她記得有一次淑瑤給致遠寫情書的事被她知道了，她狠狠地批評了淑瑤，還罰她打掃圖書室。她可真沒想到這兩人竟然最後結為了夫妻。

　　致遠的臉有一些微微的抽搐，但他還是努力在剋制。其實梁老太太一點兒都沒有記錯，唯一記錯的只是這一切都不是淑瑤，而是葉婉瑩！

　　"好了，我也該下車了。你就在旁邊停車吧。"梁老太太從後座慢慢抬起身子來。

　　林致遠小心翼翼地將車靠到路邊停下，然後下車將梁老太太扶下。

　　梁老太太那雙手顫巍巍地從包裹拿出一個用淡紫色包裝好的東西。“那是淑瑤離開的前兩天，我記得。當時我從病房看完淑瑤出來，發現一個穿著深色長外套的短髮女子站在房外，我看她遲遲不進去，便上前問她有什麼事。她對我很恭敬，還說是當年班裏的學生，只是我想不起來了。她託我將這個東西轉交給你，說自己不方便給你，只是當時你不在。唉，她說她姓葉。”

　　“姓葉？”

　　“對，我記得。她還帶著一個三歲的孩子。”

　　“孩子？”

　　“是的，那孩子和她可真像，一樣好看。”梁老太太笑了，“好了，你也快回去休息吧。”

　　“無論如何，我都一定要謝謝老師。”林致遠朝著梁老太太鞠了個躬。

　　林致遠目送著梁老太太離開，然後上車，徑直開回家。

　　他的記憶正在一點一點侵蝕他的大腦。

　　那是一個陽光明媚的下午，林致遠正在圖書室裏當管理員，負責登記學生的借還書情況。那一天的葉婉瑩格外不同，穿著一條白色的長裙，披散開頭髮，將一封信放到林致遠面前，“有一個女生託我轉交給你的。”婉瑩淡淡一笑。

　　林致遠有點疑惑地打開信封，默默讀起來：

　　我今早開窗的時候，浪漫的微風透著一絲秋意，我把那微風放在信裏寄給你。

　　"給我的？真無聊。"林致遠搖了搖頭。

　　"無聊也好，你可不能辜負了別人的心意，好好收著！"葉婉瑩拍了拍林致遠的肩。

　　再接下來的日子裏，林致遠總是能收到託葉婉瑩轉交的女孩的情書。他不知道這女孩是誰，也沒放在心上，只是他將這些書信都留存了下來。

　　沒過多久，葉婉瑩沒來上課好幾天，過幾天便傳來了她轉校的消息。

　　那是淑瑤離開前的一個晚上，她知道自己快不行了。在她心裏一直有個秘密不曾讓林致遠知道，也是這輩子她最內疚的一件事。

　　葉婉瑩離開的前夜，找到了她最信賴的好友鄭淑瑤，託她轉交給林致遠一封信。淑瑤偷看了信的內容，便把信給藏了下來。

　　那天淑瑤對致遠說："我們都不是一個完美的人，有的時候，我們不得不爲自己考慮。在友情和愛情面前我選擇了愛情，我對不起你，也對不起婉瑩。我不求得你的原諒，只求你能明白我對你的心意。"

　　心一旦被傷到極限，就算有人爲你赴湯蹈火，你也不會領受，能幫你痊癒的也只有時間。當你一心想著去忘記，你就越忘不了，真正的忘記是不用刻意的。多年以後等你笑著談起過去的時候，你就真正忘記了。愛過了，痛過了，哭過了，還得繼續生活下去，這就是成長。

　　林致遠曾無數次想要忘記葉婉瑩，但人怎麼能完全控制自己的心呢？

　　歲月匆匆，時光薄涼。遇見，便是最美的緣。

　　林致遠從回憶裏清醒過來，發現自己的眼眶不經意間都已經濕潤了。他洗了個澡，換了身乾淨的衣服，他實在是太累。

　　林致遠沒有去臥房休息，而是坐到了沙發上。他一點一點拆開梁老太太交到他手裏的東西，紫色包裝紙被他完好無損地拆了下來。

　　《傾城之戀》，張愛玲的。

　　書看上去有些年代了，但保存得依舊很好。

　　那是一個風和日麗的週末，清晨的陽光一縷一縷地從窗戶灑進教室裏，是那樣的溫暖。教室裏靜悄悄的，只有粉筆在黑板上寫字時發出的沙沙聲響，窗外不時還伴著幾聲清脆的鳥鳴。

　　葉婉瑩右邊的黑板上寫著字，林致遠在左邊的黑板上畫著畫。誰也不和誰說話。

　　林致遠還是忍不住和葉婉瑩說起來話來，“你是不是還在因為情書的事情生氣？”

　　“沒有！”葉婉瑩冷冷地回答著，還是繼續在黑板上寫著。

　　“你不理我分明就是生我的氣。”林致遠帶著一點賭氣的語氣。

　　“沒有！”葉婉瑩有些不耐煩了。

　　“聽說你喜歡張愛玲？”林致遠從鄭淑瑤那裏打聽

到的。

　　葉婉瑩愣了一下，語氣有些緩和，“是啊，從初中就喜歡了。”

　　林致遠有些激動，“我有個朋友家裏開書店，我可以送你一本，當作道歉。”

　　“送我？道歉？那敢情好。”

　　“因爲愛過，所以慈悲；因爲懂得，所以寬容。我倒是很喜歡張愛玲《傾城之戀》裏的這句。”葉婉瑩的臉上終於露出了笑容。

　　“我喜歡那句，如果你認識從前的我，那麼你就會原諒現在的我。”林致遠頓時臉就紅了。他呆呆的望著陽光中婉瑩，那一刻，他覺得她是他從未見過的美好。

　　林致遠將書緩緩打開，在這第一頁上，有著用鋼筆書寫的幾行字：

　　當露水濕在荷葉上，我思念你。

　　當微弱的星光灑在流水上，我思念你。

　　這是少華的字。

　　其實，少華一直暗戀著婉瑩。婉瑩和致遠聊天那天，他一直在教室外，默默地看著婉瑩，當得知婉瑩喜歡《傾城之戀》，便跑著去買來送給她，可是一無所獲。後來他託外地的朋友寄給他的。

　　思念的痛苦在於她就在你身邊，你卻不能擁有她。

　　林致遠似乎明白了什麼。他發了瘋似的衝向了儲物間，不顧一切的找一樣東西，他記得，那個東西被他一直放在這裡。他開始有些發狂，儲物間被他弄得亂七八糟，他翻箱倒櫃的找著。終於，在一個箱子裏，林致遠找到了一個木匣子。

他的動作停了下來，輕輕打開木匣，然後拆開裏面的每個信封。那是葉婉瑩幫別人轉交給他的情書。

張開耳朵，如果你聽到自己的心跳，你愛的人便也在愛著你。

閉上眼睛，如果你的唇邊有一絲微笑，你愛的人便也在愛著你。

看到最後，林致遠終於忍不住痛哭起來，因為這些情書和那封信有著相同的結尾：蓁。

晚　風

張　佳

　　我剛坐上吧臺不到五分鐘，她就來了。比約定的時間早些。

　　"來得挺早嘛。"

　　"跟美女約會哪敢遲到。"我搭腔道，"還沒點呢，你喝什麼？"

　　她把外套疊在旁邊的高腳椅上，叫來了服務生，是一個三十歲左右的男人。偌大個酒吧只他和一個女生兩個服務員。木質吧臺佔了一面牆，牆上擺滿了酒瓶。女生趴在吧臺盡頭朝外望，天要下起雪來了。

　　"真冷啊。"

　　"這家沒有暖氣，只在那邊開了幾個壁爐。"她向我身後指的方向看去。

　　"那你爲什麼還要定在這。"露出嗔怒的樣子。

　　"有格調嘛，酒也不錯。而且……"我神秘地笑笑，"他家老闆有意思，可惜今天不在，太晚了吧。"

「怎麼有意思？」她還是不說約我出來的原因，好像對這個問題很感興趣。

「是個 gay！」我一手遮住嘴，貼近她耳朵，壓低聲音，又故意誇張地說。

「你怎麼知道？」

「看著像。而且，店子裝修得這麼講究，肯定不是直男做得出來的。」酒吧是廢棄工廠改的，實木桌椅看似隨意地放著，牆壁盡是灰色，或拉或弔著些衰落的裝飾，並沒想掩蓋自己曾是破舊廠房的事實，好像還有意講述幾段過去的故事。

服務生拿來兩本菜單。

「淺粉象。」我以爲她半夜把我叫出來定是有不小的委屈要哭訴，至少也要來兩三瓶失身酒，誰知卻只要了瓶果啤。我也只好要了杯長島冰茶陪她。

她的啤酒拿出來倒進杯子裏即可，我的還要等上幾分鐘。

「要不要嘗嘗？」

八九年的老同學了，她從不介意和我吃喝一個東西。

果然是果啤。

「最近怎麼樣，好久沒見了。」

「就那樣唄，天天寫字，妄想靠小說填飽肚子。」

「大作家嘛！」

「一本書都沒出出來呢。」說罷一想，應由我來引她入題。「你怎麼樣？」

「那個工作還是不怎麼喜歡，在找下家呢。」

　　"掙那麼多還不喜歡？"

　　"哎，不是錢的事。" 她凝視著杯子上的一頭粉色的大象，好像在追憶剛才入口的到底是菠蘿味，還是蘋果味。

　　我的酒來了。服務生放下杯子就走了，沒看我一眼，大概是要表現出對顧客所聊話題毫不在意的職業道德。

　　"我想和她分手。"

　　指的是她大學畢業後交往不到一年的女友。

　　"怎麼，活兒不好？" 以為她會斜我一眼，卻依舊盯著那頭像。難道喝下去的是香蕉味？

　　"就是覺得，自己可能不太喜歡她。"

　　"那就跟她說嘛，談戀愛還怕分手麼。"

　　"不是那個意思，" 她微微皺起了眉，似是急著解釋什麼。"我是說，感覺自己不喜歡這種的。" 邊說邊玩起幾枚骰子。

　　她大學時交過兩個男朋友，給我看過照片，第二個挺帥。但她說自己對他們都沒有太強的感覺，不久就分了。

　　"玩玩這個吧，" 她拿起骰盅說，"我可厲害呢，你肯定輸！"

　　"比大小，輸的罰喝一杯龍舌蘭。" 我又叫了六小杯，期望能對半分。

　　她果然厲害，六個回合下來只喝了兩杯，卻已見出醉意了。轉口又聊起幾個朋友，有的畢業後去了別的城市，很久沒見了，說起來便有些酸楚。

　　身後什麼人匆匆走過，扭頭看去，背著把吉他，豎在厚羽絨服後面。這才反應過來，剛才有人在屋子盡頭的舞臺唱歌。

　　「說說你的事吧，這麼多年還沒找著喜歡的人？」

　　她說話時並沒看著我，望向已下去一半的粉象液面，好像和它隔著萬丈的距離。這倒讓我感到愜意。說不出來的欣慰。

　　「其實，剛上大學的時候也談過一個。」我也轉過頭凝視自己的杯子。

　　「我知道，大一寒假見面時，在你手機裏看到你和一個女生拉在一起的手的照片，當時問你還不承認。」

　　「也不是多喜歡，莫名其妙就好上了。」

　　她似乎好奇，看了我一眼。

　　「就是那種，感覺上大學之後就應該談次戀愛，刻意地找個人，卻發現不合適。」

　　「對，我也是，那兩個男朋友都是這樣。在一起之後才發現，沒有共同語言。聊小說、電影，他們都沒看過，就知道 LOL。」

　　「那這回呢？女生總不會吧。」

　　「剛開始覺得挺新鮮，也能聊到一起。不過時間長了，感覺我們還是兩個世界的人。她以前交過三個女生；我可能只是覺得她容易親近，有安全感……我也不說不清楚，一年下來，覺對她和喜歡男朋友不太一樣……不會心悸，不想故意讓她著急，抱在一起也沒有那種懸在天空卻沒有絲毫恐慌的感覺……」

　　“那就直接和她說呀，說自己其實不喜歡女生，長痛不如短痛。”

　　“可她很喜歡我呀，她也沒做錯什麼……感覺不應該這樣對人家。”

　　“但也不能總這樣忍著，委屈自己啊。談戀愛本身就不分對錯，不喜歡就不在一起，沒有誰欠誰的。”語氣大概有點急。

　　她灌下一大口啤酒，不再接話。我也陪她沉默著。屋子裏已沒有了音樂聲，這安靜倒沒讓人覺得尷尬。好像坐在海邊看著太陽緩緩落下，看著海天交接的地方不斷變換著顏色，可以看上幾個小時也不覺得乏味。

　　“你知道我在想什麼麼。”

　　“什麼？”

　　“算了，不說了。”她抬起眼，可愛地笑笑。眼睛裏有什麼撲朔，我想要更仔細地把握時，卻消失不見了。

　　“快說啊，別這麼弔胃口。”

　　“看著包，我去衛生間。”

　　我無聊地看看四周，除了我們以外只剩一個女的在對著牆喝悶酒，長頭髮擋著，看不出年齡。兩個服務生一起趴在吧臺上，看著窗外。他們離壁爐很近，大概需要一個溫馨的故事吧。

　　“下雪了，我們走吧。”

　　雪不大，路上薄薄的覆著一層。漫天飄灑著，也不至於擋住視線。我們走向主幹路能打到車的地方。

　　“Nancy's Vino，”她扭頭看著離開的酒吧的門牌，

"地方不錯，下次還來這。"

"你想好了回去怎麼跟她說麼。"

"沒。你說，我要是直接跟她說，自己其實不喜歡女生，她一定很傷心吧。"

"可這遲早要說的啊。況且，繼續這樣下去，你也會很傷心。"

她微笑著看了看我，眼睛眯縫得很細。

"快走吧，頭髮都白了。"

"時間過得真快啊。"

等了十多分鐘，仍沒有車。路燈在地面上灑下一片黯淡的黃色光影，雪在燈光下急匆匆地傾斜，好像是怕這光看起來太單調。我想了曾經的一個女友，自己也曾在這樣的情景裏送她回家。是 1 月 12 號，六年前。

"我們走回去吧。" 她抬頭看著我，不像是開玩笑。我在那雙不大的眼睛裏又一次發現了剛才不曾捕捉到的東西，好像森林深處有光芒閃爍，引人走進雪夜的樹叢，去探尋被白色掩藏的秘密。這次，我能確定，那裏有什麼在等待被發現。

"好啊。不過，你能走？"

"沒問題，這點酒還不至於醉。我穿的平底鞋。"

"那好，也不遠，就走回去。我先陪你回家。"

走出幾十米，她反口說："算了，不玩了，太晚了，還是早點回去吧。"

出租車來時，我上前幫她開門，卻被擋了回來，"我先坐這輛回去，你再等一會吧。到家給你發微信。晚安。"

　　遠去的車影消失在路燈的光影裏。

　　雪越下越大，起風了，沒有規律地塗抹在慘黃色的天空，已不是映襯“能飲一杯無”的景致。剛才在酒吧裏看到的女孩低著頭從我身邊擦過，兀自朝前走著。我看了眼手機，過了後半夜了，她竟敢自己走。我思襯要不要問一句，同她一起走一段；卻怕打擾人家享受一個人走夜路的興致，甚或要被當作搭訕騷擾，只好作罷。肆無忌憚的雪花迷得睜不開眼，望著她米黃色大衣的背影，也融化在了風雪中。

深 淵 回 聲

冬日幻想症

梁瑩瑩

　　青春怎麼過都是辜負，人們總是在平淡無奇的日子裏緬懷錯過的人和事。春來秋去，時間開在花裏又敗在花裏，一切變化得悄無聲息，隨著風和著雨慢慢地依稀回憶起一些微不足道的往事，就像回憶起從屋簷上不經意落下的雨滴，就像回憶起雨滴碰落地面時那一聲清脆的滴答聲，好似清晰又好似模糊。然而生活偷偷地磨滅著周遭的一切，日子一天天流走，人們一天天衰老，平淡無味比白開水還多一絲無可言說的悲涼，人們就靠著那麼點回憶裏的雨滴延續著生活，為著那被辜負了的青春和錯過的人事。如果有如果，一切都不可改變，結局依舊是大寫的"遺憾"。

　　"如果有如果……"這麼想著，白石心裏不禁咯噔一下，"哪有什麼如果……幻想綜合症……"白石想著從非洲發來的消息，心裏酸酸的。是吏從非洲某個黃土漫漫的地方發來的。和許多學橋梁建築的一樣，在認識

白石之前，吏就已經決定畢業後去非洲做工程師。吏說，
"畢業就逃去非洲"。白石想像著吏帶著施工帽，在轟
鳴陣陣的施工地裏拿著圖紙指指點點的樣子就不禁覺得
有那麼點意思。那麼高的個子，帶著帽子到底是何等模
樣呢。在眾人裏，一眼看去，帶著點兒英氣和灑脫的那
個，一定是他。他對什麼事情都顯出一副無關緊要的樣
子。"大概是無聊吧，畢竟孤零零一個人遠在異國他鄉。
他那人，弔兒郎當習慣了的。"雖是這樣想著，心裏卻
是暖暖的，酸酸的，往事如淅淅瀝瀝的小雨一般滴入心
裏，帶著鹹鹹的味道。消息卻沒什麼特別之處，無非是
些噓寒問暖之類的，吏有一句沒一句的說著。只一句，
"青春怎麼過都是辜負"，白石一聽，要哭了。

　　從見到吏的第一眼開始，白石是以仰望的姿態看著
吏的……他太高了……高挺的個子搭配一身西服再配上
暗紅色的領帶，一張五官分明而立體的臉總帶著一點讓
人捉摸不透的氣息，手插在褲兜裏，一邊在會場忙碌著，
一邊隨意地和白石聊著天。白石大概永遠不會忘記這樣
的吏，就站在她身旁，嘲笑她還不夠他肩膀的高度。說
來也奇怪，這麼小小個的女孩子，吏說，看著看著就喜
歡。白石好幾次開玩笑地說著，喜歡的不過是吏的高挺
的個子和英俊的臉龐罷了，畢竟美貌是一切動力的源
泉。吏聽了，哈哈大笑起來。不過，最近一次，看吏從
非洲發來的照片，突然感覺到了一絲遊子的氣息。滄桑
了不少。照片裏的吏，坐在水邊，把褲腿卷到小腿處，
一隻手搭在膝蓋上，一隻手自然下垂著，指間夾著吸了

一半的香煙，眼睛微微眯縫著，像是被突然吹來的風沙迷住了，頭髮帶著一絲風吹過的痕跡。白石看著那樣一張照片，感覺她和吏之間隔了半個世紀一樣久遠，再多看幾眼，就要失憶了。

　　咖啡館香氣氤氳，讓人昏昏沉沉、似醉似醒。離白石不遠處坐著一對情侶，兩人時而竊竊私語時而四目相望。女子撩撥耳髮，出神地望著窗外發了呆，男子默不作聲地突然一吻，害得她失了神，臉頰不自然地泛起了紅暈。他們和千千萬萬的情侶一樣。白石捧著書心卻早已遊離，文字只從眼前飄過。窗外候鳥盤旋，一圈、一圈、又一圈…..迷失了方向。灰濛濛的天空之上，即使是成群的候鳥也顯出一種迷失的悲涼，所謂寄居之處大概從來不曾存在過。在這樣寒冷的季節裏不止一次回想起吏，白石知道她的生活早已被掀起了漣漪漸而形成漩渦終於要把自己捲入無盡的未知中了。四面而已。白石和吏僅有四面之緣，到如今就連那四面也只是清晰地像電影裏的畫面，虛無得很，卻怎麼也揮之不去。吏是像一顆種子一樣飄到她生命裏來的，白石知道這顆種子一直存在，卻不知道它何時生了根發了芽，不知到這微小的種子何時盤踞了她整個內心。對白石來說，吏怎麼都不像是一位可依靠的男子。白石不相信，從吏第一次跟她表白開始，白石就不相信，也不敢相信。白石以爲，所謂喜歡，大概是一種懷抱絕望的心情。所謂告白，大概是鼓起勇氣拋棄一切地撞去南牆。吏沒有，吏是不會有這種情愫的。“把喜歡小心翼翼地藏在心裏是青春期才幹的事兒，然而我已經一把年紀了。”吏帶著一口濃濃的北方口音毫無掩飾地這樣跟白石說過。吏便是這樣的人，弔兒郎當地說著一本正經的事。像門後一道未知的世界，永遠沒辦法猜透。最爲可能的是，門後一片黑暗，無邊的黑暗。

　　在咖啡館裏待了一陣，白石實在受不了迷藥似的香味，逃了出去。推開門，一股寒氣襲來，心都冷了。回去的路上，瞥見校園裏銀杏黃了一片，落了一地，美得蕭瑟。路上稀稀疏疏走著兩三個學生模樣的人，都裹了厚厚的衣帽急匆匆而過。白石了吐了口氣，白氣呼口而出形成一縷上陞的白霧。白石很喜歡這樣玩，這是冬季裏唯一的禮物。捕著耳機，耳朵裏循環著清水的歌，一首讓白石聽一次便死一次的歌。白石跟吏談起清水的時候，總覺得吏跟清水出神的相似，差不多的身高體格，相似的神態和漫不經心的氣質。很可能都是幻覺，清水和吏也許一點都不像。白石是個愛幻想的姑娘。總之，生活被攪得一團糟。“總該要了結一切啊。”白石狠狠地告訴自己。白石不願再這樣逃避。一無所有也沒關係。

　　白石想發瘋，這樣就能理直氣壯告訴別人，“這樣做，是因爲我瘋了。”放棄眼前觸手可及的溫暖，做一個抱著幻影生活的人。很早之前，意識到吏那顆種子瘋長，白石便再也無法面對眼前噓寒問暖的那個人，再也無法直視他的雙眼。也許一開始就是一個註定的錯誤。帶著對吏的感情接受其他人的追求，白石壓根就是一個膽小鬼，一個在吏面前就失去了全部勇氣和自信的小女生。像是受到了道德方面的譴責，白石被上帝鞭打著靈魂，上帝讓她捨棄一切。「就當我發了瘋。」不久之後，白石捧回來一把血紅色的玫瑰，宣告自己回歸一個人的生活。石頭只留下一句話——如果能在他之前認識你就好了。此後，要狠狠地忘記石頭那雙眼睛才行。那是她見過最美的雙眼，一雙會說話的眼睛。不過一切都要結束了。就像往枯井裏扔了一顆石子，只聽得咚的一聲回想便結束了一切。而白石和吏的關係，根本從來沒開始過，卻好像永遠不會結束，痛苦似乎永遠樂於折磨內心不安的人。

　　吏從非洲打來了電話的那一刻，白石決定絞死愛情。吏的聲音跨越六個小時的時差，從遠在大陸那端的非洲飄到了白石的耳朵裏。渾厚帶點磁性的男聲。真實得不可信。「我有話說。」白石壓抑著體內的躁動和不安，故作鎮定。「你說，我聽著。這邊有兩秒的延遲，你說慢點兒。」還是一副老腔調。白石來到一處空曠無人的花園，一盞路燈投下昏黃暗淡的光懶懶地灑在白石身上。四周是無盡的黑暗差一點就要吞噬了這一縷微薄的燈光。也好，黑夜不會聆聽秘密。白石鼓足了勇氣，話到嘴邊卻無論如何都難以說出口來，像是胃裏吐不出的氣。磨蹭了好久，吏嘲笑白石真是個小姑娘，扭扭捏捏的。「一直喜歡你。決定以後孤孤單單地活著了。」大腦一片空白，比宇宙還虛無。黑夜偷走了白石的秘密，她無處可逃。電話那頭，吏卻平靜得出奇，「我知道，一直知道。這不是什麼秘密。」這倒是讓白石放鬆了許多，好像剛剛並沒發生什麼大不了的事，不過是這個宇宙裏及其普通而平凡的一次告白，像許多千千萬萬的告白一樣。跟吏的聊天，又變得像談笑一樣了，所謂的告白不過是生活中最普通的插曲，所謂的怦然心動並非什麼了不起的事。少女的那點情懷，在吏這裡並不奏效。一直以來，彼此心照不宣。「可是，白石，我不能讓你等我。」「我知道，很可能這輩子都見不到你。對我來說，你是個夢。」白石從不敢對這段模模糊糊的關係有更多的奢望，不奢望吏的陪伴，不奢望吏的承諾，不奢望任何抓不住的泡影，甚至有時候，不奢望吏還眷念著她。她不過是害怕幻想破滅罷了。「白石，明年我回來見你。」「然後再回非洲去？」「恩。沒辦法的事。生活很多事都不如人意嘛。」吏半開玩笑地說著。與所有青春電影有所不同，吏不帶一點幻想，永遠一副老成的作風。一個沒有半點情懷的人。白石想像著此時的吏應該是卷著褲腿，套著開衫格子襯衣，蹲在石頭上打著電話。吏說，還真是這樣。「你腦子裏全是畫面呀。」「嗯。你一開口，我就能想像你的表情。」「怕你哭，就不傷感了。我晚上躲被子裏自己慢慢哭去。」兩個人就這樣聊著，像所有就未問候的朋友一樣，拋開了世俗小說裏矯情的浪漫。

　　冬季的空氣裏凍結了寒氣，枯葉睡在冰涼的地上任人踩踏，在來年的春天腐爛成泥。南方的冬天沒有雪，白石穿著雪地靴，不知道踩雪的感覺。只有沉默的水泥地滯留著些前日的雨水，大概也是給凍壞了。白石多想凍結此時此刻，帶著絕望和希望，與四周無盡的黑暗融為一體。

　　世上是否真的存在這樣的情感，不需要結果，卻連時間的洪流也無法沖毀？

過　客

喬　銳

這是一片曠野，雜草叢生。

雜草中間有條荒涼且凹凸不平的小路，泛著土黃色。遠遠望去，像是一張乾瘦的營養不良的臉，臉上還留著一條多年前被刀劃過的傷口，從額頭延伸至嘴角，現在已經風乾了。時不時會有老鷹在這片空曠土地的上空盤旋，卻多半只是在空中轉幾圈，表明這是自己的領地。不過今天老鷹已經轉了無數次圈了，因為下麵的地上出現了一個人。一個半天都沒動躺在路中間的人，不知死活。

老鷹無法作出準確的判斷，只能在上空邊飛邊等。等到一個時間能確定地上的人死了，老鷹就會毫不猶豫的一個俯衝下去，它已經好幾天沒怎麼吃東西了。可惜，下面的人動了，從路中間爬到了路邊雜草有些茂密的地方。還沒死，老鷹飛走了。

地上的人從路中間爬到路邊，用盡了上午積纍的所有力氣。他知道有只老鷹在自己頭上盤旋，這樣爬過去，既可以向老鷹證明自己還活著，又可以在雜草叢裏避避太陽，這是他計劃好的。老鷹果然飛走了，終於可以放心地好好休息下了。

小孩步履蹣跚，走的很吃力，父親在後面跟著，提著一大袋東西和小孩的衣服。

小孩停下了腳步，看向父親。父親開口了，聲音有些嘶啞：“把這片地走完了再吃，你看，這條路走了將近一半了！”小孩搖搖頭，用手指著路邊。父親湊上來，終於發現這裡躺著一個人：“啊，這兒怎麼還躺著個人！”父親一時拿不定主意，是該視而不見繼續趕路還是應該施捨一點東西給孩子做個榜樣？樂於助人是傳統美德，父親覺得這是一個進行傳統文化教育的機會，他從袋子裏拿出一個乾麵包遞給小孩：“去給那個躺著的叔叔送過去，人與人之間要互相幫助，在路上看到需要幫助的人你要去盡自己最大的努力去幫助別人，記住了嗎？”小孩看著金黃色的麵包咽了咽口水，點點頭，給躺在地上的人送了過去。

躺著的人被一雙小手弄醒了，他睜開的同時看到了一雙明亮的大眼睛和一個麵包：“叔叔，吃！”他費力地用手撐著坐了起來，那雙小手也跟了過來：“叔叔，吃。”接過小孩的麵包，坐著的他抬頭看到了站在小孩身後的一個中年男人。他沒工夫仔細打量那個男人，低下頭接過麵包，無所顧忌地就往嘴裏塞。三天沒吃東西，他確實餓了。

　　父親看著對面的男子狼吞虎嚥，放鬆了戒備，招喚著兒子回到身邊，自己湊上前去遞了根煙。正吞下最後一點麵包的人看著遞過來的香煙，有點驚訝，他知道男人是想聊幾句了。男人稍微做了一下自我介紹，抱怨了一下這裡人跡罕至，突然話鋒一轉：「你怎麼看著這麼眼熟，咱們是在哪見過麼？」他又是一驚，手裏的香煙不自覺地掉了下來，連忙低下頭去撿香煙，捋了捋頭髮：「可能是我長了一張大眾臉吧，我從家鄉逃荒過來的，一直在趕路，前幾天才到這地方。」又指了指肚子，補充了一點：「三天沒吃東西了，沒力氣趕路了，就想著在路上歇會兒晚上涼快了再走。」

　　「先生貴姓？」

　　「哪有什麼貴不貴姓的，名字沒什麼好說的，您就叫我阿三吧。」很明顯，他不想說出自己的名字，好像在隱藏著什麼似的。

　　野狗是上午就在周圍徘徊的，這裡有野兔之類的獵物。它們一般不會攻擊人，但餓極了就不會管那麼多了。三條野狗已經把路上躺著的人當做了獵物，沒想到下午事情有了變化，路上多了個小孩和一個男人。它們不能再等了，逐漸圍了上去。

　　野狗的襲擊是很突然的，一下子就撲到了三個人的面前。阿三一下子就跳了起來，站在路上顯得很高大。小孩被突然竄出來的野狗嚇哭了，父親連忙護著小孩，眼睛死死盯著前面的黃褐色的野狗。

　　對峙還不到一分鐘，野狗就發起了攻擊，一條撲向阿三，另外兩條撲向父親和小孩。阿三盡全力和野狗搏鬥，像是換了個人似的，一下子就打退了野狗，順著路逃了出來。跑了一段路，發現野狗沒有跟上來，一回頭，他看見三條野狗已經圍住了那個男人和小孩，男人行動緩慢，看起來一條腿好像已經受了傷，小孩在男人身後哇哇大哭。

怎麼辦？要不要回去？好不容易自己逃了出來，三條餓極了的野狗很不好對付，回去估計也是送死。他沒多想，只知道自己不想死，一扭頭跑了。可跑了沒幾步，小孩的哭聲越來越慘烈，他又折返了回去。人遲早會死，也沒什麼好怕的。

父親根本就不是野狗的對手，手裏的袋子已經扔了，現在舉著一塊路邊撿的石頭，作出要往下砸的樣子，卻遲遲沒有沒有砸下來，左邊的腿在慢慢滲出血來，他艱難地站著。野狗只是圍住了父親和孩子，發出狂躁而嚇人的叫聲，看來是想耗下去。它們有足夠的耐心。也就在這個時候，阿三又衝了回來，手裏多了根木棒，發了瘋似地向野狗一陣亂打……

這場搏鬥最終還是以人的勝利結束，阿三救下了父親和孩子。父親不住地道謝，眼睛卻上下打量著他。他顯得有些局促，揮揮手說你們快走吧，我在這兒再休息會兒也就走。告了別，走出了曠野，父親終究還是拿出了手機，打了個電話。

“是公安局嗎？我要舉報……”

報紙攤開在桌上，上面的頭版頭條用粗黑的字體標出，顯得很醒目：《潛逃三個月的殺人犯落網，知情人士因舉報獲獎金 5 萬元》，下麵還放了一張殺人犯的照片。

　　小孩看著桌上的報紙，覺得上面的照片很熟悉："爸爸，這不就是前幾天我們在那片野地遇到的叔叔麼？他還幫我們打跑了很凶的大狗呢！"

　　父親看了看孩子，聲音還是那麼嘶啞："是啊，就是那個叔叔，他是個壞人。"

　　"那個叔叔怎麼會是壞人呢，他幫我們打跑了大狗，是好人！"小孩不理解，認真地在爭辯。

　　"人是很複雜的，以後你就知道了。"父親把煙頭放進煙灰缸，面色沉重。

　　小孩轉身找他的玩具去了，半個小時後就把這事忘了。

海　洋

張　佳

　　陸地走到了盡頭就是海洋。天空漂浮著海的倒影，幾朵雲彩遮擋住浪花。整座城市都被海水淹沒，林立的大廈間，我停下了腳步。

　　走出機場前，我萬沒想到會有這許多變化。我站在等候託運行李的人群中，呆望著旁側上島咖啡走出的一對說笑著的男女。女子身穿藍色長裙，束著白色 Hermes 腰帶。男人穿著不甚搭調，手握塑膠杯子，杯子表面或許會墜著些許水滴偷聽二人的情話。他們相挽著走去，消失在出機口的人群中。我胸口突然一陣憋悶，連忙搬過箱子擠出人群，仰坐在出機口外的長椅上。眼前是接機人們親切又陌生的背影。他們是我的同鄉，與我說著同樣的口音，記著同樣的風景，但終究與我毫不相識。我這短暫而漫長的一生只能看他們一眼，僅此一眼，哪怕是背影也再無機緣。人生處處埋藏著相遇與告別，我們自以為還有足夠長的時間去彌補和重逢，卻不知，那每一次的生離都將變作死別。

　　人群漸漸散了，又將有另一群人圍在這裡。我自始至終未能弄清該以何種語氣說出"你好"和"再見"，這一切卻在身邊反覆重演。我閉上眼睛，回想起送給她的腰帶上金黃色的字母 H。我後悔當初沒能對她說好這兩個詞，正如此時我不知應當如何面對這世界。

　　我走進街旁的商店，以比平常高出一倍的價格買了罐啤酒，坐在路邊，望著曾經是大海的街道。"啪"，易開罐冒出白沫。海岸線後退了兩千米，人們擴大了自己的帝國，祖國母親的領土面積更為榮耀，北方毛子將為此膽戰心驚，學生們的地理課本面臨著新一輪變革……

　　三年前，我借了支破舊的木船，同她劃過這海面。那是冬天，海上遼闊無人，或許是漁禁，連捕魚的人都沒有。浪很小，搖著船，我已經劃出了幾百米。這木頭都出了裂紋，不會漏水吧。那咱就遊回去。這麼遠，我沒遊到岸就淹死了。那我就背著你往回游。你？自己遊過去就不錯了，我可不信還能再帶上一百斤。你有一百斤？九十九！天空劃過幾隻海鷗，"歐歐"地叫著，大概是到了晚餐時間。夕陽的一半掉進了海裏，像一個翻倒的顏料桶，把整個海面染成紅色。不，準確地說是紅黃相間。幼兒園時，我常用紅黃兩色的蠟筆畫這樣的太陽。我還畫了一幅送給她，她笑我太幼稚，像小學生，我說是幼兒園小朋友。她說我真會自誇，我叫她收好這定情信物。送去殯儀館的那天，我在她的木盒裏發現了這幅畫。

　　我仰頭喝盡了最後一口酒，攥在手裏。三年裏，故鄉已變得面目全非，那些我駐足欣賞風景的角落被灌上了鋼筋水泥，石子取代了金黃的沙灘，柏油鋪遍了廣袤的原野。我的記憶被捲進了資本的洪流，流向那無可挽回的末路。風緊了，霧氣飄來，抬頭望去，淹沒了周圍的摩天陰宅。會有那喪盡天良而謀得帝國高位的人買了這昂貴的海景房，他會帶著第二個或第三個妻子在裏面享受性愛的歡愉，他的子女會向朋友炫耀自己穿戴的品牌，他的靠山會天良喪盡扳倒了政敵，穩居高位，使他又購得了兩輛蘭博基尼跑車，平息了三樁婚外情。他會出幾本書，選擇性講述自己的發家之路，在下一代青年裏鼓舞起幻滅的鬥志，爲鞏固帝國統治打好基礎。所謂的成功即爲物質的富有，所有的失敗即是對道德的篤信。這就是世界的運行法則，它讓我承受生活的羈絆荒謬，又讓我失去家園記憶，變成了亡命之徒。手中的易開罐越發握緊，捏變了形，狠狠砸向前面的柏油路面。啪，啪，咕嚕嚕嚕嚕。你，你，頭抬起來，就說你，失戀了別在我這哭，來，景區亂扔垃圾罰款，兩百塊。我沒扔。前面那個易開罐不是你扔的是誰扔的？自己飛過去的啊？你有證據嗎？上面有你指紋。啪，現在你褲子上有我指紋了，你怎麼搶我褲子？你還挺能說啊，年紀挺輕，這麼不要臉。這路邊到處都有監控，用不用我帶你去看看錄像？好啊。我帶你去啊？這樣好嗎？我告訴你，看完錄像就不是罰兩百塊錢這麼點事了。沒事，去看吧。看完有了證據，你殺了我也行，只要合法。媽了個逼，話還不少，你等著，我這就找錄像去，你別跑，在這給我等著，操。

　　沙灘上盡是一片藍色的帳篷。喂，你們，拿著帳篷那兩個。我轉過頭，他只穿條泳褲，坐在白色的塑膠沙灘椅上。這一片的帳篷都是出租的，不能自己搭，要用自己的，到那邊去。他朝東邊指了指。離這多遠？坐車十分鐘，後面有車，三十一個人。十分鐘就三十塊錢？我說。不想去就在這租，一天五百。五百我能買個帳篷了！這是規定，不是我自己要價。我本想繼續追問，新聞都說不許在海灘亂要價，是誰敢這麼規定，但見她在一旁斜乜著眼睛，也就沒好再說。我們怎嘛辦？我問她。我隨便，你定。那就坐車過去吧，這的帳篷那麼多人用過了，肯定不乾淨。她沒說話，朝後面停著排黑車的方向走了。我知道，如果說因為這的帳篷太貴的話，她更要如此的。西邊被圈出一塊地，專供自帶帳篷搭建，是新聞記者想表現市民愉快的夏日生活時，無論如何也拍不到的。那一帶海下多細碎暗礁，海面漂浮一層黏稠的油垢，需向東走一二百米才能放心遊。午後兩點左右，海水退潮，我們帳篷正對著的海面露出一片礁石。幾個工作人員跑來，拉起黃色帶子圍住，說是每人十塊錢可以進去趕海。她一整天沒下去游泳，只穿著泳衣、戴著墨鏡半坐半躺在帳篷門口的沙灘上曬太陽，若讓陌生人看到許會認為是在炫耀身材。這大概是我們交往的日子裏最不愉快的遊玩，終日無話。

　　我沿著街巷繼續前行，一座座資本築就的大廈無一人進出，千百扇鋼化玻璃裹著這腐屍，那冷漠與灰濛濛的天格外相襯，繞著森森霧氣，看不見頂端，彷彿伸入了殘忍嚴酷的天庭。我行走在天柱的中央，在資本的洪流中微不足道地沉浮。我身邊的一切每天都上演著不公與盈利，它們讓千萬張鈔票鋪天蓋地而來，又在轉瞬間灰飛煙滅。我受不住這荒謬的常規，頭中一陣壓抑，跑了起來。迎著風，兩側的房屋都消匿了蹤跡，我看不見什麼永恆長久，瞬息萬變，只覺瀏海被吹到了頭頂，費時豎起的衣領也都塌在了肩上。那又有什麼關係。我在海風中奔跑，世上的一切都不再與於我有絲毫牽絆。我是天地間獨一無二的個體，是造物最生動的創造。海水的腥味湧來，清新舒爽，飄忽不定。我猛吸一口，灌滿全身。那氣息順著血管，與血液混為一體，在骨骼的縫隙裏，在血脈與肌理間，它刺破了所有的細胞，發散著痛苦又激揚的尖鳴，又有兩三聲回響激蕩，像是對靈魂施洗，像在呼喚遙遠的記憶。我張開雙臂，奮力奔跑，我想要大聲呼喊，想讓聲音穿透宇宙大氣，迴蕩在星宿之間，讓大海因我的吶喊翻起滔天巨浪，整個人類都要為之震撼折服。然而，又有誰能聽到呢？我不過浩瀚宇宙中一個無人知曉的存在。在億萬年歷史長河中，我的身世浮沉都不足以激起哪怕最微小的浪花。世界面前，我的勇氣喪失殆盡，原本自以為是的鬥志終不過變成深刻入髓的恐懼與孤獨。我不敢喊叫，懼怕這空無一人的冷漠海畔。內心的動蕩盡皆化作無奈脆弱的哀歎，泣不成聲，一聲歎息。霧越下越大，越下越低，逐漸攜卷著我，奔向蒼茫的仙境。

死訊是我在人民大會堂演講結束後收到的。我連忙改簽飛機，趕上了火化。她父母說是和一個不認識的富二代飆車，急轉彎時方向盤沒能打滿，撞向了山壁。我拒絕了看屍體最後一眼，接過她父母給我的裝著那幅畫的木盒，待棺材進了機器就匆匆走了。我本以為自己在眾人面前會擺出公眾人物的架勢強忍住哭泣，卻不料連哭的意念都沒有。並非是愛意淡漠，或怨恨她和別的男人飆車。我傷心欲絕，心如刀絞，但在與她訣別的最後時刻，卻絲毫沒有瘋狂的感覺，一切順理成章般逝去。我記起同她經歷的過往，記起我們一同等待輪船歸航卻換來傾盆大雨的海岸，記起那家她喜歡的漢堡餅店裏白色吧臺上裝飾的藍色妖姬，記起我們一同聆聽的鐘響，看過的每一次夕陽。聽說她死前繫著我送她的生日禮物，我未能如願露出苦澀一笑，聽罷這不知何意的絮說，只得點點頭，轉身走開。真正的苦難面前，人們積攢許久的情緒不是猛烈爆發，而只會悄然宣洩。極度痛苦的狀態只是微小的傷害或無謂的表演，那深刺心底的苦楚無人得知，難以撫慰，它潛入我們的心腹中猛然炸裂，摧毀了長久以來的苦心經營，廢墟灰燼中，又通過記憶逐漸吞噬殘餘的血肉，挖空我們的心房，風穿過，飄零無依。

我停下腳步，已到了海岸。霧靄繚繞間，是尚未建好的跨海大橋。兩根高聳的橋墩由纜繩或是鐵鏈相連，左右是業已建好的公路，伸向遠方莫名的資本樞紐。一張巨大的鐵斧將海洋攔腰斬斷，陸地走到了末路，最後的幻想也被殘酷扼殺。我感到自己被緊緊束縛在這個既定的圈套裏，一切都冷酷而靜默，不留一處可以突圍的破綻。"此處是世界盡頭，而世界盡頭不通往任何地方。世界在這裡終止，悄然止住了腳步。"我立在原本是海洋的陸地上，眺望著死亡的大海。

　　走到 Echo 已臨近黃昏。我踏上木梯，走向那家咖啡店。依舊在海岸的木質長廊上擺著白色高腳桌椅，LP 密紋唱片擺出 ECHO 四個字母貼在玻璃牆上。熟悉的咖啡味直讓人迷醉。我能想見浮在 Cappuccino 上的心形或樹葉狀奶沫，細膩甜美，像童年的夢境。杯子抵住下唇，咖啡漫過奶沫，滑入唇齒，停留在舌尖，流向心底。那愜意勾起人遙遠的回想，像一封被黏貼修復的舊信，發出冬天雪花飄落的聲音。銀匙靜臥在白色的餐巾上，不打擾這份寧靜。匙柄刻著細緻的花紋，同咖啡的香氣一齊蜿蜒舒展，把人引入溫馨而古老的秘密。您好，這是我們的菜單。嗯……喜力（Heineken）。不好意思，喜力沒有了……還有福佳（Hoegaarden）。嗯，那就福佳吧。需要什麼甜品嗎？不用了……有檸檬片嗎？有的，您稍等。

　　離鄉前，我常獨自來這裡。我喜歡坐在海風中孤獨瞭望海浪潮湧的安逸。遼闊的視野能帶給人豁達的舒暢，一切喧囂浮躁，一切苦悶憂悒，盡皆消失在這遼遠的眼界裏。三年，委實有三年之久。我熱心經營自己的

“事業”，招搖撞騙，圖謀錢財。我巧識了北京某國企高層領導，喝酒投機，帶著北大肄業碩士的名號給他們搞了三天團隊建設講座。說話是極簡單的事。我憑著自幼習得的集體主義理念和百度來的拗口名詞滔滔不絕講了整整三天。只要話語不斷，聽話者就不會發現其間語法晦澀、邏輯錯亂，他們是一群只會拍手、呼號的空殼——這是這三天給予我的最大收穫，我後來帶著這個偉大的發現先後騙到了中石油、中央電視臺、中國作協、魯迅文學院等二十多家上市公司或文化組織的錢。我成爲了清華大學的名譽博士、人民大學客座教授，被人們稱作“國學應用大師”，作爲文化名人受邀參與十餘個娛樂節目，在人民大會堂講演過兩次，還參與過靈光寺、臥佛寺、娘娘廟的法事。大和尚塞給我厚厚的紅包，我象徵性地推了推手，自然終落進自家腰包。文化變成了商業的紗衣，學術淪爲進階上層的基石。資本統治了一切，那座人類創造的帝國越發變得荒謬詭秘。浮躁的年代裏，賺錢是如此的簡便快捷。只要盡早越過那道坎，拋棄那些義務教育時期耳濡目染的誠信正義、天下擔當，就會青年有爲，成爲社會輿論的核心，成爲豬狗之間一隻最爲醃臢的雜種。三年之間，我原以爲自己在努力奮鬥，爲了未來，爲了她。誰成想，真正有希望的努力就是施於靈魂的緩慢自縊，我他媽的最終變成了同這些混蛋垃圾一樣的人間豬狗。我現在自可說要淡化金錢，注重精神修養。但如若當初我沒能遇到那個和我喝了六兩五糧液，讓我摸了他第三個婊子 E 罩杯奶子的人；或是我守身如玉，潔身自好，拒絕了他的好意，那我現在怕是沒有絲毫活著的激情，爲失戀、失業，爲窮途末路擔憂。這便是現實的世界，是我難以面對卻不得不生存其中的境遇。我無法再思考下去，緊閉上眼，深深吸了口氣。啤酒倒進玻璃杯，檸檬片浮到杯口。海浪同剛才一般緩慢傾蕩，兩三隻海鷗無目的地在天空滑翔，夕陽還沒徹底變紅，我喝了口酒，有點苦，音響裏流出 23 歲的 Astrud Gilberto 演唱的 The Girl From Ipanema（Garota de Ipanema）。

> 曬黑的皮膚，婀娜的身材，
> 年輕漂亮的依帕內瑪少女，
> 正在步步離開。
> 步法踩著森巴舞點，
> 靜靜地起伏，
> 輕輕地搖擺。
> 我想說愛你，
> 想把我的心獻給她，
> 但她根本沒注意到我，
> 只管眼望大海。

相傳，在 1962 年的裏約熱內盧，依帕內瑪海灘上有一家叫 Veloso 的小酒吧。一個高中女生每天都從酒吧門前經過，穿著白色的夏季制服，赤腳在沙灘上邁著緩慢而優雅的腳步。她是如此的美麗和自信，令無數求愛的男子遙不可及。坐在酒吧內的兩個青年每天都穿過矮門，眺望她駐足海岸的背影。我想上前同她打招呼，邀她喝一瓶冰涼的啤酒。嘭，撬開瓶蓋，她接過瓶子，仰頭灌下去。咕咚，咕咚，汗水順著纖細的脖頸，在她曬成古銅色的皮膚上劃出一道漂亮的痕跡。黑色的長髮都梳在腦後，下垂，在海風的微拂中靜靜搖曳。高挺的乳房撐開衣領，富於普魯斯特式回憶意味的腳掌踩在被太陽灼燒熾熱的沙灘上。我想和她跳進海裏暢遊，在神秘的宮殿裏尋找古老的寶藏。我會潛入水中，穿過海底的砂礫，跨越每一道洋流，飛過一座又一座未經命名的小島，帶著飄渺久遠的海浪清香，倏地冒出在她面前，摟過她的雙肩，熱烈擁吻。但她從未注意到我，日復一日地背對著酒吧矮門，在離我百米遠的地方眺望大海。他們又要了瓶冰透了的啤酒，躲在她的世界之外，每天，在固定的時刻，看著她的舞步，寫了一曲流傳世界的巴薩諾瓦（Bossa Nova）。

　　我從海水裏探出頭，看著可能是剛才碰到她細滑小腿的女孩的背影。濕潤的黑色長髮緊貼著身子，淺藍色泳衣只在背部打了個結——完美的背影！周圍人不多，她許是自己來的——這可真少見，誰能想像出一個有著如此動人背影的女孩會隻身到這，只為……在夕陽下構出圖畫，誘人思索：下半身是人還是魚？——肩膀疼，是被人掐著？轉過身——果真是她。嘿，又背著我看美女嗎！她露出生氣的表情。小時候常來這游泳，每次都要喝進好多水——我扭過頭，看著岸上的人群——時間不長就急著往廁所跑，那實在麻煩得很。爸爸告訴我可以在海裏撒尿。哈哈哈，那豈不是又要把自己的尿喝進嘴裏？反正也要再排出來嘛——衣服丟在沙灘上，我送給她的生日禮物搭在藍色連衣裙外，金黃色 H 的一角反射著刺眼的光——但麻煩的是，我別開泳褲，卻總是尿不出來，哪怕小腹憋得鼓起，也只能任它一次又一次在海浪中起伏。你知道麼，在水裏泡久了，包皮外翻，磨得難受，我卻什麼都做不了。最後憋得不行，只好又跑去廁所。討厭，你怎麼和我說這些。她轉身遊去，魚人的背影已消失不見。我躺倒在海面上，天已向晚，岸上的喧鬧聲逐漸消散。雲彩像孩子的素描，絲絲分散著。天還很藍，藍得透明，落日在海面灑著它多情的餘暉，畫面中已不見了鄉愁般的背影。

日暮漸漸低垂，遠處的客輪鳴起深沉而久遠的汽笛，好像孤旅返鄉的遊子帶著滄桑與閱歷，帶著對遠方山脈與故土港灣的記憶，在傍晚夕陽下吐出長歎。我眺望目力所及海天相交的地方，遙遠，廣闊，漫長，賦有濱海的浪漫幻想。我想跳進海裏，奮力遊去。我在海水裏伸展四肢，做了四次蛙泳動作，氧氣不足，忙露出頭來換了口氣。我在海洋的腹心，在世界最大面積的水域裏自由行進。海水溫柔地撫摸我的肚皮，滑膩，清爽，像在講述美麗奇妙的童話。水花拍打發出清脆的聲響，海底臥著好看的沙灘和卵石，幾隻海蜇繞過我的身體，奔赴久未返還的家園，幾條小魚趕在我前面歡快嬉戲。我在天空之下，在漫無邊際的大海上獨自遨遊，我感覺自己與海洋渾然一體，攝影廣角窺探我主宰這蒼茫的海洋。我是天涯孤旅的幽靈，亦是天地萬物間最神聖的靈長。自由即是我的一切，沒有什麼可以阻擋我追逐理想。
我改變泳姿，左右臂交互前伸，腦袋晃動著偷換空氣，
腿部似已亂了節奏，沒有關係，海浪在推動我前進，帶
來前所未有的酣暢淋漓。我覺得很輕鬆，覺得被三十年
來的束縛解放了，我逃到了人類所未知的世界，創造了
一個沒有任何牽掛磕絆的國度。十分鐘，二十分鐘……
一個月，兩個月……一年，兩年……一個世紀……我在
海洋中度過了自己的一生，我穿越了空間和歷史，在自
然的幻象裏實現了永恆。我遊到了太平洋的中心，任何
大陸都不得將我鉗束。"我是自己的上帝和使徒"，是
乾坤寰宇間最自由的精靈。我縱身一躍，跳出海洋，赤
身躶體地在天地間細細歌唱，大聲呼喊。那聲音著實美
妙又震撼，行雲流轉，時間回溯，我戰勝了孤獨和鄉愁，
成就了精神的寬廣與靈魂的純淨。面對自然，人類的勾
心鬥角、經營利害實在太微不足道了。我為自己的再生
歡呼雀躍，扭轉過身時，才發現，百米遠處是碼頭高聳
的海岸。

　　吞下最後一口啤酒，趴在木質欄杆上靜候郵輪緩慢
歸航。太陽已不見了蹤跡，海天相接的地方雞尾酒般疊
著藍色和紅色的光芒，海鷗在無意義地鳴叫，Astrud
Gilberto 還在唱著 The Girl From Ipanema。

黎明之前

楊文亮

　　阿和出門以前沒想過要回去，夜黑得徹底，霧也漸漸濃起來了，深秋的夜晚冷不防會結上一層霜，街邊上枯草已經塗上了一層白色，距離天明還有幾個鐘頭。

　　"今天晚上我們有一個新成員，"阿寄鄭重其事的強調著，反而讓每個人都想笑。"他叫阿和，來自 Z 市，我想大家都能和他好好相處的。"

　　音樂繼續轟鳴，人們都轉過頭盯著他看，阿和抿一口眼前的威士卡，大聲地與周圍的人攀談著，顯得有點過分的誇張。女人們看出了他的忸怩不安，覺得他不夠大氣，便喪失了對他的興趣。

　　"我就不花時間把他們都介紹給你了？，阿和，我想在日後的交流中你能自然地融入進來的，這對你更有幫助。"阿寄挽著一個女人朝他走了過來，碰了一下杯後又向舞臺走去。阿和搬過來有二十多天了，是阿寄發現了他，並主動邀請他參加這個晚會，年輕人相聚總是顯得很積極。

「好啦！夥計們！每月一度的閃耀之夜今晚開始啦！按照慣例，我們將有請六位‘先生’彙報一下上個月的‘生活’工作！大家顫抖起來吧！」。「生活」是他們改造的一個詞，特指男女方面的經歷，阿寄事先向阿和介紹過，阿和知道這一點，眼睛開始晃動了起來。阿寄說完，臺下喧嘩一片，興奮之餘有些人不禁扭動著自己的腰肢。

「我先來」，阿克率先一步跨上了舞臺，奪走了話筒。沒有人能像阿克一樣善於抓住聽眾的耳朵，他的描述總能讓人垂涎三尺。

「哈哈哈」阿克知道規矩，在說重點之前是不能先笑出聲的，樂趣得由大家共同分享，但他還是忍不住笑了出來，有一種豪邁的氣勢。

「哦！對不起各位，我並不是有意想要違反規定，只是我的一番經歷的確讓我樂不可支。」這種虛偽的客套讓人無法忍受，眾人便催促著讓他下臺。

「別這樣！朋友們！錯過了我的彙報將是你們一生的遺憾！我要講的很簡短，不會耽誤大家的娛樂時間：她叫露西，這是她在業內的稱呼，你們知道，在‘生活’中這樣的名字往往能讓人更有活力」，阿克露出狡點的眼神俯視著，看到大家渴求的目光，又滿意地講了下去，「漂亮不說，還豐乳肥臀！光說怕你們不信」，說完阿克就拿出一張他們的「生活」照給大家看，眾人也是齊聲歡呼，搖手吶喊，這有正是阿克彙報的樂趣所在。

　　"正如照片所示，我們當時正玩一場‘遊戲’，她是乘務員，我是列車長，我要列車往哪開就得往哪開。哈哈哈。"彷彿心領神會一般大家都不約而同地大笑起來，爭相爲阿克舉杯喝彩。阿和也走向前去與阿克碰了一杯，哈哈地不自然地大笑了一番。"希望你能理解其中的樂趣"阿克沒有多說一句就微笑著回到了自己的位置上。

　　"不用太緊張！老兄！這個五彩冰紛的世界才剛開始呢。"阿寄見狀走過來，阿和拿起酒杯一飲而盡，有點暈乎乎的。

　　下一個是阿華，他沿著過道往前走時，還不時小心地收緊衣服。"上個星期六，我到阿火家去吃晚飯。"他開門見山地講起來，阿火就坐在前排，他站起來向各位示意，阿華不好意思地扭了扭。阿華和阿火是新近成的一對同性情侶，阿寄知道這一點，但沒有跟大家說明，所以衆人不免有些驚訝，女人們更是叫出了聲。"我們吃過晚飯後，阿火問我要不要喝一點就，我沒有推辭，然後就有點犯困，後面的我就不記得了。"女人們全快樂地戰慄著，眼睛裏放著光，吵著要阿火解釋。阿火只是說道"其餘的大家都懂，就不必多說了吧。"屋子裏響起聲"切"。

　　阿喬上臺後，下麵傳來一陣小聲的歎息，因爲他老是說一些無關痛癢的笑話，根本不符合大家的口味。這次他講了一個網絡上抄襲來的段子，全體人假裝著閧堂大笑，這種尖刻是他們專門留給阿喬的。可是當後面響起粗糙沙啞的笑聲時，大家的笑聲又戛然而止。阿和也笑了，牙齒上沾了點辣椒醬，大家詫異的看著他，直到他停住了笑聲。

又經過了兩個人，彙報就要結束了，期間經不住誘惑，已有人成雙成對地離席，消失在門外的黑暗之中。大家簇擁著阿克、阿華等人談笑著，阿和在一旁又續了一杯雞尾酒。

“還有最後一個名額，還有誰來彙報。”阿寄親吻著女人，不耐煩的說道。阿和擦了擦沾滿酒水的手，拿過了話筒。阿寄發現是阿和，有點擔心，想讓其他人講，可又怕傷到阿和的自尊，因此他盡可能用平常的語調說：“那好，阿和你來講。”

當阿和走上講臺，面對聽眾時，人群中發出一陣竊笑。他看上去很自信，如果說有什麼不妥的話，那就是太過自信了；從端著的肩膀、從閃閃發亮的眼睛裏，可以看出他慌張的神色。“星期六我和露西玩了一場‘遊戲’。”

大家快活地大笑，“也是露西！”

“這很平常，露西畢竟只是個代號，誰都可以叫做露西。”會場太過吵鬧，阿和沒辦法再講下去，阿寄站起來解釋。“爲什麼要對新人如此苛求，這是個愚蠢的決斷。”笑聲慢慢小了下去，但還是有人搖頭晃腦地嘲笑他。

“我就是那個意思，”阿和繼續說，“露西只是她的代稱，但我和阿克不同，我和她玩的是醫生與病人的

'遊戲'　"。阿克並沒有在意，或者壓根沒有在聽，只是一味的與其他人嘻哈著。

　　"我記不太清了，但不管怎樣，我還是和她'玩'了一場。後來，我帶開車她出去兜風，是本田車。她一開始是不想去的，但是我很堅持。她說，'你想去哪？'我就說，'我們去江邊吧，那裏路比較寬，人很少。'於是我們就出去了，我猜開了四五公里，這時候有一輛警車跟著我們。她非常害怕，我跟她說，'別擔心，我會甩掉他們的。'但就在我轉彎的時候，警車沒有跟過來。"到這時，好不容易有興趣聽下去的人又喪氣地低下了頭。"最後我們終於到了江邊，露西終於平靜了下來。但事情並沒有順利結束，我們剛好碰到了我男朋友，我們大吵了一番，當時阿華和阿火都在場。"

　　"你撒謊！天哪！他說的什麼都是假的！"阿火忍不住大叫道，"我根本就沒有看到這樣的事情發生，我可是從來不去江邊那種無聊的鬼地方的！"

　　"連員警也是假的，"阿克插進來說，又突然爆出一陣假笑，笑彎了腰，他把兩手攏在嘴邊，大叫道；"嘿，你個生瓜蛋子！"這個外號不怎麼好聽，但聽上去很接地氣，於是大家都跟著叫了起來。

　　"好啦！好啦！我們的彙報已經結束了，我們的阿和不是給我們帶來了一場出色的表演嘛！大家開心就好！"場面有些混亂，阿寄出面調和道，轉身對阿和說，"很有趣的故事！十分感謝！"

　　阿和雙手緊緊攥在口袋裏，企圖保持他的尊嚴，"你們以爲我會在乎你們信不信？” 說完阿和便要衝出人群。

阿寄及時抓住了他，“老兄！別這樣！他們只是開個玩笑，在我們這個‘世界’這很正常，別太在意！”

“你們這個‘世界’！對這就是你們骯髒汙濁的‘世界’！你們一個個都是寡廉鮮恥的大淫棍！你怎麼不抱著那個婊子大肆親熱了？你個狗娘養的！”

阿寄充滿憤怒與不解地看著阿和，“阿和，有些事情我知道的並不比你想的少。我知道，你這樣做並不是真的想要傷害我，我知道你並不快樂，我也知道你這樣做了之後也不會更快樂，可你還是一意孤行，說了這麼多不堪入耳的話。然後你就會發現你失去了我這朋友，阿和，我們本來可以成爲很好的朋友的。可是事情已經太晚，覆水難收。”

阿寄停了一會又開始說“好吧，你可以走了。”

他從衣帽間取走了外套，走了，避開了眾人的眼光。大街上闃無一人，除了三兩過往車輛發動機發出隆隆的聲音外，萬籟俱靜。他走路時皮鞋發出的聲音、外套短促摩擦的單調聲響、微弱而呆板的呼吸聲加深了這份靜謐。他打了一輛空車去了江邊，挑了一張落滿樹葉的長凳坐下了。空氣很冷，但酒意尚存，他臉上、鼻子上一片紅彤彤的。他看了看手錶，五點二十五分，便做起了數學題，默念著有關五和二十五的算術平方根。他想起了他讀書時代最好的功課就是數學，也想起了文學課上的勞倫斯、茨威格，最後他想起來“對！我和他們不一樣！這群流氓地痞！渣滓！"說完他打車又回去了。會場早已人去樓空，只剩殘渣滿地。他在門上挑了一塊乾淨的地方，掏出小刀開始在門上仔細地刻畫著：傻逼！

　　天空開始泛白，阿和離開了這座城市，沒有人知道他去了哪裏。

深綠日記

劉　玥

十一月十三日，晴。

連續幾天都做著同一個夢。夢裏是一扇通往天臺的門，破舊的鎖常年無人使用，鏽的斑斑駁駁，門縫裏射出刺眼的白光，我用力撞開，光一下子溢出來。夢裏夏日午後的強光感覺不到炙烤，但是紮得眼睛生疼。我眯起眼睛，模模糊糊看到天臺邊上有個披著長髮的背影。耳膜被收緊，鼓繃繃的，只能聽到一聲尖叫，"不，不！別跳……"

一

周揚第十九次從夢中醒來，頭還是昏昏沉沉的。黑暗中，周圍一切隱隱約約的有些朦朧，彷彿深陷在另一個夢境。他試探的伸出手去摸放在床頭櫃上的手機，不在，床背上，也不在，應該是枕頭下面吧，他摁下解鎖鍵，突然亮起的螢幕晃了下眼，淩晨 3：26。

　　於是困意消失，想起來大衣兜裏還剩下半包煙，摸索著穿上拖鞋蹭到陽臺點了一支。濃的化不開的夜亮起孤獨的一枚火點，紅紅的閃著亮。魚缸抽水泵的聲音此刻大得明顯，白天是聽不見的，馬路的對面有施工隊正在蓋樓，一整天都叮叮噹當，看樣子已經有個三十多層了，聽人說應該是個很高檔的小區。

　　最近周揚的記性變得很差，他經常忘記幾個小時前才列下的計劃，不然就是剛剛握在手裏的東西轉眼就不知道放在哪了。"嘿，才 28 歲就像個老頭似得。"他每次都捶著腦袋這樣自嘲，"好在還沒影響到正常生活。"不過最近幾日發生的事足夠讓周揚變得緊張兮兮，不知道是不是又神經敏感了，但是總歸不是那麼自在。這樣想著，周揚掐滅了最後一口煙屁股，又回到床上。

　　被窩變得冰涼，要是蘇青青還在就好了……唉，要是蘇青青……想到蘇青青，周揚心裏一陣抽搐。

　　"我要是那天不跟她吵架，她大概就不會死了。都是我害的她……"周揚頭疼的像要裂開。

二

　　蘇青青是周揚大學時代的學妹，人長得漂亮，性格也溫柔。多年之後，周揚還能清晰的記起那個相遇的九月。

　　"學長你好，我是韓教授新來的研究生，叫蘇青青。

以後請多多指教。"學生時代的戀愛過分純真,沒有生存的壓力,不用爲現實考慮,可能一個微笑就足夠兩個年輕人輕易地墜入愛河。教室,宿舍,食堂,最多是學校後湖那一片安靜的小樹林,都可以成爲約會的聖地。雖然單調卻很甜蜜。

　　而且那時候周揚有足夠的自信,他英俊帥氣,舉止得體,還是名牌學校厲害教授的優等生,既然有了愛他的女朋友,只等畢業簽了工作就結婚。他彷彿看到自己的未來一片坦途,他童年的陰影都不能傷害他了,他的過去怎麼不堪都不能打敗他。

　　也許是老天看不得一切進行的太過順利,好景不長,畢業之後,他努力的工作卻並未太見起色,和人合夥做生意也賠了錢,四年過去,同學們或做了公司的中層,或是娶妻生子,只有他還好像還遊蕩在起點。可最讓他難過的還是蘇青青,她的父母因爲他是孤兒,反對把女兒嫁給他,還嫌他是個窮小子。剛開始,蘇青青不顧父母反對繼續跟他交往,她陪在他身邊,鼓勵他,安慰他。她說自己和父母吵得很厲害,但是她相信他最終會成功的,到時候他有了出息,父母就能原諒她,讓他們在一起了。

　　可是時間久了,周揚漸漸覺得蘇青青有些不對勁,她和他在一起的時候總顯得心不在焉的,甚至小心翼翼的,她每次上網之後都會把瀏覽記錄清除掉,還偷偷的用手機聯繫誰,難道說……雖然自己可能確實讓她失望了,可她怎麼能……該死!他明明那麼愛她,他可不能沒有她!

　　最後一次吵架大概也是因爲一點小事，周揚只記得他當時非常憤怒，摔了兩個盤子和一個花瓶。但他沒想動手，他只是想把蘇青青的手機搶過來看看她是否真的對自己不忠，可是他力氣太大了，他控制不了自己，把她推倒在地。周揚愣住了，他看見蘇青青的長髮晃了一下就消失在他的眼前，緊接著是"梆"的一聲摔門聲。

　　兩人不再聯繫的第三天他接到了警方的電話，通知他去認屍。蘇青青的屍體是在租住房的浴室發現的，浴室門上了鎖，蘇青青躺在浴室裏的右手腕被水果刀劃開，血流了一地，已經發黑凝固。死亡時間在前天夜裏十一點至次日淩晨一點之間。與蘇青青合租的同事麗蓮，因爲快要結婚了，最近幾天住在未婚夫家裏，她說在公司也有兩天沒見到蘇青青了，就決定過來看她，卻發現女友已經死亡了。家中錢財分文不少，應該不是入室搶劫。兇器上沒有其他人的指紋，房間也沒有留下腳印，根據動機推測是與父母及男友的爭吵，使她喪失了對生活的信心而選擇自殺，但種種可疑之處使警方遲遲不能確定。

　　周揚揉了揉太陽穴，看來天亮之後還是要去金醫生那裏一趟。

三

　　認識殷爲是在蘇青青死的第 27 天，彼時周揚變得越發沉默寡言，消極的生活態度讓他本來就不高的業績直線下滑，要不是老闆可憐他，也許早就被開除了。捉襟見肘的生活讓周揚不得不從原來租的房子中搬走，另在市郊找了一戶老舊的樓房。舊樓房隔一道馬路就是建築工地，周揚估摸著這兒也就快被拆了，因此才租的那麼便宜。

殷爲是他的房東，約莫三十出頭，喜歡穿休閒西服，帶一架黑框眼鏡，一副社會精英的樣子。這棟老樓是他的舊居，新房買到了對面的樓盤，是個高檔小區。

“在我新家不能住人之前，你都和我擠在這。等哪天裝修周揚好了我就搬走。”

“怪不得那麼便宜，原來你是找人合租啊，爲什麼？”

“自己住著無聊唄，也不爲了錢。”

“還沒結婚？”

“還沒女朋友呢，你也沒結婚？”

“……”

周揚也不記得是哪一天，他開始變得沒有那麼陰鬱，他也會把一些過往講給殷爲。“我有過女朋友的，差點就結婚了。可是她死了，就在不久前。”也許是很多話憋在心裏太久了，無人可講，也許是他和殷爲後來真的很相熟。即使他們大爲不同，和住的那段時間裏周揚是愉快的，他喜歡殷爲，他身上有一種難以言說的魅力讓人想要靠近，就像帶著磁場的黑洞，雖然他帶著明顯的自矜，但對於此時的周揚來說，殷爲是他唯一的安慰。

周揚想，如果那天他房間的燈沒有壞掉，他就不會跑到殷爲的房間去找工具，如果沒有碰巧洞悉殷爲的秘密，自己會不會就一直這樣簡單的生活下去。

四

那本日記看起來非常普通，深綠色的牛皮封面，靜靜地攤在殷爲的桌子上。

"夢見有人跳樓意味著什麼呢……"

"再往後一點點也好，讓我看清楚那個女人的臉吧。"

"又夢見那個天臺，光太強烈了，什麼都看不見……"

翻了幾篇都是在講訴一個夢境。而且語言支離破碎的，令人使人迷惑，周揚正打算合上日記的時候，瞥到幾個字：

"蘇青青不是自殺……"後面的文字被人刻意抹去了，看不真切。日記裏的文字在周揚的腦海裏不斷放大，迷惑太多，腦子反而變得一片空白。

也不知道又過了多少時間。

"我說過你不能進我的房間。"殷爲冷冰冰的聲音，聽不出一絲感情。"你都看過了？真是不禮貌……"

"你說蘇青青不是自殺，是什麼意思？你怎麼會認識她？你到底是誰……"

見周揚有些激動，殷爲的臉色反而緩和下來。"你問題太多了。"殷爲面無表情的推了推眼鏡"那就先說蘇青青的死因吧。蘇青青右手腕傷口左邊寬且深，右邊窄且淺，說明傷口是從左向右劃開的，你用刀劃一下就知道，人是不可能用左手從左邊開始割腕的。蘇青青是左撇子，兇手一定很熟悉這一點，說明和是她很熟悉的人，但他忽略了傷口的方向。再看兇器，我們一般用水果刀之後，都會握著手柄沖洗刀刃，很少會認真清洗刀柄，可是這把刀上只有蘇青青一個人的指紋，卻沒有與她合租的麗蓮的指紋，這是因為兇手殺人之後洗掉了刀柄上屬於自己的指紋，又握著蘇青青的手把她的指紋印上去，偽裝成自殺的現象。而且兇手連麗蓮最近不在公寓都考慮到了，說明他們在生活中非常親密。」

「你怎麼會知道這麼多，你到底是誰，和我，和青青又是什麼樣的關係？」

「我是幫你實現願望的人，我因為你才存在於這個世上。你愛蘇青青，她喜歡綠色，所以我連日記本都是綠色的，你憎恨蘇青青，你覺得她背叛了你，你想她死，但是你不敢殺人，因為你懦弱愚蠢。你窮困潦倒，我來接濟你，讓你不至於流落街頭。別用這種眼神看我，你現在覺得我是殺人兇手了？沒有我你什麼都做不了，你甚至活不下去，你該對我感恩。」

殷為走了，徹底的消失在了周揚的生活中，彷彿從未出現過一樣。

五

　　"員警先生，如果你們允許的話，我會請律師幫助我的病人以精神障礙爲由免除刑事責任。"金醫生轉了轉手上的腕表，瞄了眼時間。

　　"但是我們仍然需要在警局備案，所以，可以請您再多介紹一下周揚的具體情況嗎？"

　　"多重人格障礙，又稱作解離性人格障礙，具體指一個人具有兩個或以上的、相對獨特的並相互分開的亞人格，人在受到外界強大刺激的狀況下就有可能產生。患者還可能伴有記憶衰退，精神敏感，產生幻覺等症狀，這就是爲什麼周揚不記得自己做過的很多事。周揚 12 歲的時候目睹了具有精神疾患的母親跳樓自殺的瞬間，引發了他潛在的的病狀。從小孤獨內向的他，因此非常嚮往強大的人格，也就是殷爲，可以說殷爲就是理想化的周揚。殺死蘇青青之後，強大的內疚感和脫罪的想法迫使兩個人格最終見面，這些年我一直在爲他做隱秘治療，但是沒想到……"

　　員警的腳步聲漸行漸遠了，金醫生突然起身抽出書架上那本深綠色的日記。一個新的設想在他的腦海裏迅速成形：假如故事反過來，殷爲確有其人，而日記的真實度並不可信，周揚服下的並非是治療他精神疾病的藥，反而是致使他神經麻痹，健忘的藥，那麼會是怎樣的一種局面？

　　既然真正的人格分裂患者意識不到自身病狀的話，那麼相反，正常人在不斷地心裏暗示下是否也可能會認爲自己產生了多重人格呢。如果是這樣的話，那麼，我們的世界和周揚的世界，究竟哪一個才是正確的？

一步之遙

胡宇哲

入　夢

　　小時候我媽常給我說，鄉下什麼都沒有，大半輩子去過最好的地兒還是鎮上的超市。你要是沒能走出去，就白費了你娘老子這一世苦心。

　　就這樣，帶著我媽和她媽的心願，我順利的考上了省城裏一所傳媒系職業技術學院，也算邁進城裏半條腿。記得剛進大學那會兒，剛脫掉了十二年的校服，悄悄的攢伙食費買了一套城裏娃娃穿的"花翅膀"來包裝自己，才好讓自己在仨室友面前挺直了腰板兒說話。他們成天討論的啥，起初我聽不大明白，後來李宇春、張靚穎、超級女聲這些名字我也如數家珍，室友樂逸是個稱職的"涼粉"，整天整天的在互聯網上找張靚穎的消息，他喜歡叫上我跟另外個室友浩然一起陪他追，看直播、看特邀採訪、看八卦……總之，只要沾上了跟偶像的半毛錢關係，他都跟著魔似的一口氣給看完。我也納悶，憑什麼人家在臺面上唱個歌，揮揮手，底下邊兒的粉絲就跟觸了電一樣，恨不得衝上臺給人家扒個精光才心滿意足。

　　大學裏的宿舍，有個人盡皆知的秘密，無論男寢女寢，只要把燈一黑，就變成了最最私密的聊天室。每個人的話匣子被月光劃開，各自傾吐著心事，聊感情、聊社團活動、聊童年、甚至聊聊十年後再會的樣子。月亮已經躺在黑雲中好幾個時辰，哈欠連天得吐著涼風，吹醒了值班的保安，吹動了路邊的野花野草，最後剩一縷柔軟的氣兒吹進我的耳朵裏。

　　“困了，困了。我關燈了啊！”我跟跟蹌蹌地勾著拖鞋啪得給燈滅了。

　　“得嘞，今晚到此為止，想著也不會再有啥新動態了”樂逸說完也撲騰上了床。

　　“欸，我說，逸子啊，人家明星有多好？值得你花大把大把的精力往裏砸？”

　　“這你就不懂了吧，我家靚穎不但是歌唱得溜，舞跳得仙，長得不落凡塵，最重要的是心眼兒好，對粉絲那叫一個熱情。我覺得你這小子長得也還不賴，怎麼著，你也想成名啊？”

　　“咳，我不就這麼一提麼。我是想著，咱們這專業出去了，家裏有點兒底氣的，說不准能混到衛視。像我這種一清二白的可能就只有千年實習的命了。你說我要是明星，在臺上哇哇嚷兩嗓子，後半輩子就不愁了！”我兩眼放光，望著烏漆墨黑的天花板。

「哈哈，你悲觀啥，離畢業還早著呢，先享受幾年再說！欸，劉志耀，你真不會是想一步登天吧，我覺得你行，要是出息了可別忘了兄弟！」樂逸嘎嘎笑的戲謔道。

「行，我一定請你吃最好吃的盒飯，住最好的招待所！」

浩然也從廁所裏邊出來了，一邊提著褲子一邊說，「劉志耀，你知道臺灣有檔節目叫《康熙來了》嗎？我的媽，那叫一個火，你要是能夠紅了去當一次嘉賓，也算給我們哥倆爭了口氣！」

我沒再接他的話，倒是反覆斟酌這個事兒的可行性，「我長得也還算標致，也能在人前人來瘋一把，不試試怎麼知道自己不行？」

「我跟你倆把話撂這，以後你們要是沒在那個啥『來了』看見我，我就不姓劉！」我嗖的一下坐直了，猛拍著自己的胸脯……

大　喜

08 年的冬天是我覺得最冷的時候，小時候大雪封山，性情多變的山從綠色過度到了黃色，又披上了亮閃閃的銀裝。家鄉的雪下得大，一隻腳踩下去能沒過腳踝。可是下得綿，初雪沒有味道，厚實濃重，絲絲縷縷；積雪淡淡青草味兒，顆粒分明，咬在嘴裏嘎吱作響。已經凍成透明的紅蘿蔔的小手顧不得放進口袋裏暖和，依舊是捏起數不清的雪球，看雪球和孩子一塊在雪地裏起舞。城裏的雪不大一樣，像在表演一個魔術，讓你興高采烈的觀賞卻又轉瞬即逝，倒也留下了些精彩的畫面。

　　這年的雪卻格外古怪，下得密，化得快，轉瞬又結成了冰，凍住了整個城市，也把我的事業給牢牢的冰封。畢業三年，我在數不清的地方露過臉。只要是電視上舉辦的比賽，我一個不落的參加。三年過去，我得到的只是簡歷上一行又一行的參賽經歷，拿過市裏面唱歌比賽的冠軍，這是我最好的名次，再往前衝的時候評委說我的颱風不夠，要是加強訓練必是明日之星。儘管如此，我還是收穫了很多地方臺節目的邀請，雖敗猶榮，每每看到公交車上、高樓大廈上的人形廣告，我總能感覺到那大海報上邊兒的下一個人就是我。

　　週六的清晨，我打著哈欠隔著玻璃撫摸透明的冰，一通急促的電話打破了寧靜。

　　“喂！劉颯嗎，這兩天有空不，臺裏有個新節目，臺灣的康永老師主持，邀請你來當嘉賓！”

　　大喜！大喜！我連連答應就開始好好拾到自己，終於要跟自己的偶像見面！這暖意能夠融化這座城市的堅冰，我要開始準備，我要好好包裝自己。

　　“不行，不行，眉毛太淡了！”“這件衣服怎麼就沒有合適的褲子搭？！”“我應該問導演需要準備什麼才藝表演”“我得在什麼時候接話？我今個下午都得好好練我準備的開場白！”

　　整個房間裏彌漫著大戰前的硝煙，我視其為自己的決勝之戰，鹹魚翻身有望在即！

　　無數次的邁進演播廳，這次兩條腿彷彿被灌了鉛，手心裏莫名奇妙的發虛汗，我一遍遍告訴自己好好表現，跟平時一樣就行！可連牙齒都離開大腦的指令自個兒哆嗦去了。這次是當地的電商聯合讚助的一檔節目，說是尋找《康熙來了》接班人。到了以後我才知道原來嘉賓就是所謂的參賽選手，我們幾個都有機會成爲這檔節目的接班人！我興奮得兩隻手不由得使勁鼓掌，跑進廁所把冷水嘩的往臉上澆。

　　"冷靜！朋友！這是絕地大反擊！你就要飛上枝頭變鳳凰啦！"

　　在給爸媽發完"我愛你們"的短信，終於登上了不那麼精美的舞臺。看得出來場務上午才開始佈置，後面的橫幅膠布也彈起來一兩張，到場的評委都是當地的老闆。我的心咯噔一下，這跟說好的完全不一樣，之前說的康永哥呢？！現在都是些啥玩意兒？！

　　按預先的彩排，我有氣無力的拖著身軀扭完了開場舞，才藝表現由最先準備的歌舞串燒被我一氣之下換成了詩朗誦。

　　"這是欺詐！赤裸裸的欺詐！我下了臺一定要告你們！"

　　回答問題的時候我更是氣不打一處來，問得都是些電器城面試官的問題，成，玩我是吧，我就回答"不知道！"

　　氣氛尷尬到了極點，本來參與的人數就不多，其他幾個參賽者看那傻樣就知道等我回答問題，他們再接著我的答案改改。結果我來這一出，他們幾個更是回答的莫名其妙，整個現場你一言我一語看似火熱，實際上都在那一本正經的胡說八道。

這個時候，主持人下意識楞了一下，我知道這是編導在告訴他節目流程，他的臉上跟爛透了的柿子一樣，嘴角都咧到耳朵根了。"下麵，讓我們有請大來賓：蔡康永老師！"

呆若木雞，我的眼珠子差點兒掉在了地上，這不是在開玩笑吧？

當蔡康永真身走進演播廳，我兩條腿突然被人踢了膝關節一樣，把力都泄盡了，撲通一下跪在臺上，主持人也被找嚇蒙了，站在那也沒有扶我。我在心裏狠狠給了自己右臉一巴掌，笑咧咧的站起來。身體裏的每一個細胞都注滿了細胞液蹭蹭往腦子遊，一股莫名洪荒之力在把我往前邊兒推，我開始搶主持人的詞兒，滔滔不絕的背起了我準備的發言詞兒，我彷彿覺得腦袋頂上、胳臂上、腿上被人用無數根線釣了起來，一舉一動都是上面那個人在操控。我把幾個評委逗得捧腹大笑，康永哥更是掩口而笑，我知道我成功了，我在心裏開始醞釀自己得獎時的表情，自己應該如何感謝，甚至得加上真摯的淚水才更能讓人信服！

鬧騰的勁兒過了，我在臺上站得筆直跟其他幾個廢柴等點評和結果，果不其然，康永哥對我的表現大加讚賞，我眼中的淚花恰到好處的出現，無疑給這一個特寫鏡頭加分不少！幾個老闆卻有他們自己的想法，他們說我之前表現太過平平，看不到任何潛力，雖然後面表現尚佳但是其他幾位選手更具大將之風。

　　這我可不服，可是我又不能把話說透了，心裏邊兒彷彿養了頭犀牛在野蠻的衝撞，行行好快點宣佈吧，再這樣憋屈下去我可能得在土裏當接班人了。

　　"本次《康熙接班人》的最終得主是……"主持人欲言又止，鐳射燈在我們幾個之間來回遊走，把我的心燒得火辣辣的疼。

　　當我的手被主持人拉起，我只覺得自己心臟驟停，兩耳失聰，棚頂上開始撒彩紙屑和氣球，我呆呆愣在那兒搖搖欲墜。直到蔡老師過來握住我的手祝賀我，我的淚腺像吃了一大勺芥末似的全線崩潰，抱著康永哥開始鬼哭狼嚎起來，他哭笑不得示意主持人控制場面，我被主持人強行拖開。好不容易才直起了腰，聲淚俱下的說一通所謂的"感謝詞"……

成　癮

　　我像一個看不見的幽靈一樣浮游在一個個錄音棚。觀眾認識的我，只不過是藏在眾多嘉賓後面模糊的人影。爲了得到一次上鏡的機會，我早早的丟掉了自己曾以爲最寶貴的臉面。最可笑的一次，我渾身被紫色的劣質綢緞包裹的嚴嚴實實，主辦方要求我拿著半米長的棍子，上面串起來一個個的蒜頭。起初我還天真以爲我只是拿它來薰薰嘉賓薰薰觀眾，好歹我也能有一個露臉的機會嘛。可後來，我才知道我要一個個把這些蒜頭啃下來嚼成蒜泥，再衝著失敗的嘉賓哈氣。南方人向來都不能理解北方人為什麼能夠生吃大蒜，辣味帶著被咬成碎片的蒜衣囫圇入肚。一股火燒的勁兒頭從胃裏蔓延到口腔。更讓人餘悸的是，素質低的嘉賓，會搶走你的蒜棒，掰下蒜瓣咬碎後吐在你的臉上。跟著嘉賓一起放聲大笑，我常常在半夜驚醒，我以為的生活坍塌成一個深不見底的黑洞，我唯一能夠攥住的，就是接班人的獎盃，我知道終有一天我會登上自己屬於的那個舞臺，我知道的…

　　人這一輩子有多長時間呢？白駒過隙蒼狗雲遊也不過百年，《康熙來了》陪無數人從少不更事走向了風華正茂。我是這檔節目的接班人，我的獎盃是康永老師親自頒發，無論去哪我都會背著我的獎盃，這是我的榮譽，有了它我就和《康熙》只有一步之遙。今年它宣佈停播了，哈哈哈，我的夢想，我生命的全部，竟然就這樣被捏碎成汁，連渣滓也不剩下。

　　今晚的風可真大，上次看到這麼多星星的夜空還是小的時候。那時候啊，奶奶總喜歡在夏天的時候在院子裏鋪上涼席，一把蒲扇吹涼了炎熱的夏夜。夏蟬不知倦的日夜嘶鳴，但我知道，蟬啊，為了這一夏的演繹，苦等了 17 年。我不就是那還沒有出土的蟲繭嘛！看這多麼美的夜空，看這多麼璀璨的城市，我要破繭，我要自由，我要飛！

　　耳邊的風好舒服，哈哈我會飛了！我會飛了！

月　落　烏　啼

乾 米 線

周星璨

　　再讀《紅樓夢》，看到第九十一回便忍‧俊不禁了，在寶玉對黛玉說的一句"任憑弱水三千，我只取一瓢飲"旁，自己卻用鉛筆在旁批註道"任憑早點九萬，余獨愛米線哉。"也記不得是哪時記下的，只知道自己確實從小便偏愛米線。嘗過雲南過橋米線，做工精細且營養可口；吃過常德牛肉粉，重油重辣，是湖南早點的大招牌；還嗦了三年長沙的粉，最念叨的卻還是家鄉的乾拌米線。

　　其實家鄉的米線既不營養也不出名，可不管家裏的米麵做得如何，家鄉人大多都喜歡起早到外頭拌碗乾米線。家鄉的米線有些類似於長沙的圓粉，卻更乾爽些。梅花巷和楓林街裏頭的米線店，每到早晨便坐滿了人，門口一角開著的玻璃櫥窗裏，一邊是對著客人規規整整擺著的的十來碗料子，一邊是繫著白色大圍裙，上面還沾了些舊油漬的老師傅。一團哧溜溜的米線丟到一個小圓篩子裏，在熬了一晚的大骨頭湯裏燙過幾下便撈走，熱騰騰的直接盛到寬口瓷碗裏──這樣的碗是最好拌料的。老師傅慢慢轉悠著碗給米線澆上鹵汁，一圈一圈，把小縣城的節奏也帶慢了，食客們就看著師傅轉著碗，看著和著滷味的煙一絲絲騰起，決不說半句著急的話，轉過身和店裏的熟人拉起了家常。那香氣從食客的鼻尖兒溜走，穿過梅花巷，街邊的小狗都要聞著香味兒迷了路；飄到瀏陽河，河水緩了下來，木舟裏的棹夫也停下來，打著赤腳坐在船邊來把鞋子淌乾淨；再往北飄，便是山了，青山把香味囤在了小城裏，香得人啊，都是笑盈盈的。

調好鹵汁後，師傅便把碗遞給了客人，料是客人自己來的。葷料是多的，牛肉，火焙魚，油渣，拆骨肉，牛腩……素料也有，榨菜、酸菜、酸豆角，小黃豆……連辣椒都是有講究的，最辣的朝天小紅椒，和著蒜和豆角的剁椒，拌著香豆豉的乾椒，澆上醋的青椒……男人接過碗後，先要上一份鹵牛肉，牛肉片有乾的和濕的，乾牛肉更有嚼勁也更小片，和著米線嚼著，一股滷味便從齒縫裏冒了出來；濕牛肉是浸在辣椒混著蒜的料汁裏鹵著的，大片大片的鋪在米線上，稍一斜碗，辣汁便滲了下去，把米線都染得金黃而油潤。而後又拿著小勺在料碗裏依次舀著素料和辣椒，家鄉人是愛吃辣的，好幾種辣椒配上香鹵汁拌在一起吃，令人口角生津，辣得人從早晨便開始神清氣爽。女人端過碗後，更喜歡添點火焙魚，浸在酸料裏的小魚乾是慢火慢焙慢薰烤來的，完整的一小條，不焦不枯，酸中帶辣，再加點酸豆角和酸菜拌著米線吃下去，歎一聲"嘖，爽口！"男人和女人吃起麵來是不一樣的，乾米線沒有湯便不燙，男人往往端著米線碗，一口米線一塊肉的，哧溜幾口吃完就趕去上班了，而女人卻是細細地夾著，入口時愛拿紙巾接著鹵汁，免得一不小心髒了白裙子。但最喜歡鹵料的還是小孩兒，他們踮著腳捧過碗後，撒些花生米和小黃豆，再倒點醬油就開始低著頭扒拉著吃了，光滑的木桌上滑得很，米線碗滑到哪，小孩的頭也跟著轉到哪，過一會再去看時，碗已經被舔得乾乾淨淨，小孩胡亂擦著被醬油和鹵汁染得黃一塊，棕一塊的臉就飛去上課了。

　　到上午九點多，米線基本上都被賣光了，遲來的人沒能趕上，便只能搖搖頭，打哈哈似地跟師傅招呼一聲說"明天再早些來"，又散步似的走回家去。而店裏的師傅坐在街邊歇一陣，和旁邊賣水果的小販笑談幾句後，又起身來準備中午時賣的蒸菜了。

　　有時也會尋思著自己偏愛乾米線的原因，卻也得不出一個所以然來。只曉得第一次吃米線大約是六七歲時，跟著爺爺在街上散步，還沒走多遠便餓了，爺爺就帶我進了街口的一家米線店，怕我吃不慣重口味的乾米線，要了一碗帶湯的給我，湯裏的米線滑溜溜的，夾住了又跑走，眼看著被筷子卷起來，又要掙紮著往下掉，好半天才能吃上一大口。自己耐不住性子，之後便也不肯去吃這戲弄人的東西。過了一年，走過當初那家店時，聽老闆歇息的時候說著："米線那，還是乾的更好，米

線這東西不怎麼進味，放在湯裏面沒味道不說，還被泡
軟了，乾米線和著料子吃才好吃……"聽著便饞了嘴，
進去要了一碗乾米線，果然是這樣啊，沾著少許鹵汁的
米線滑而不膩，無論加多少料子都爽口得讓人口角生
津。從那次後，便再也不肯在家吃早飯，每天領著一塊
五的零用錢在米線店排起了隊，一排便是四五年，米線
也一路漲到了五塊錢。

　　到了六年級，媽媽想讓我到省城讀書，我賴在這個
小城鎮裏不肯走。

　　那兒教育資源更好，也更好玩啊。她說。

　　我喜歡這裡的人和米線。我說。

　　媽媽倒也很慣著我，於是到省城上學的念頭就此作
罷，什麼都沒有發生，我又接著每天一碗乾米線地度日。
後來讀完高中了，也還是到了省城讀大學。大學三年，
我在湘江邊看著日出日落，中間隔著的是情侶，是父子，
是倚在扶欄上，縱有千種風情也無人訴說的遊子……他
們看著清澈的時間夾在湘江裏流淌，剪不斷也留不住，
於是情侶更緊地相擁，父親把孩子抱上肩頭，遊子癡癡
地看著，迷蒙的水光裏映著的是家鄉啊。我在千年書院
裏一遍遍地爲不同的遊客講解著，有在政府上班的公務
員，有遠道而來的大學教授，有特地帶著小孫子來學知
識的老爺爺……他們觸碰到的是同一塊漢白玉抱鼓石，
掉落在他們身上的都是百年古樹的枯葉，他們撫著同一
扇朱漆雕花門，踩過同一塊明清復刻磚，但他們開口說
的第一句話卻都是相同或者不同的"這個比起我們那兒

啊……"才始知"若爲化得身千億,散上峰頭望故鄉"的滋味,有些東西啊,是再怎麼都丟不掉的。

　　有空回家,新家離米線店隔得遠,也不想起早趕著去,就在家隨便湊合著。只是昨天,興致來了便早早起床去了,再看到那家米線店時,已經搬到了馬路對面,店面也翻新了,覺著有些陌生,也怕口味會變,就試探著走進去,可門口那老師傅卻還是那樣眼尖,打著哈哈:

　　"喲,這個小姑娘,米線是要加三勺辣椒的。"

明月何時照我還

劉子勤

壹、昔我往矣楊柳依依

　　故鄉是一座山水城市，直接坐落在洞庭湖濕地上，道路如一座座橋梁溝通著幾個小島，每天早上城市裏的人們都是在鳥兒清脆的叫聲中起床開始一天的生計，頗有幾分沈從文先生筆下“邊城”的韻味。湖水是大自然的慷慨贈與，故鄉的很大一部分人都以捕撈爲生。幼時記憶中，每到快正午時分，湖面上總是有好多樹葉似的小船忙碌穿梭起來，船頭站著戴斗笠的漁翁，手上提一張大網，會在某一刻突然怒目圓睜“嘿唷”地大喝一聲，將漁網狠狠地提起來往船板上一甩，伴隨著重重的魚腥味兒，一網小魚小蝦全部展現在眼前了。那是一種健碩、積極地充滿男性力量的吶喊，像是將生活所有的希望都聚集在手上那張漁網上，是記憶裏最剛強的力量所在。

貳、行走故鄉間

　　故鄉是出了名的"慢"城。估計在今天習慣了快節奏生活的城市人看來，故鄉的生活節奏慢到令人吃驚的地步。街上行人的腳步總是不緊不慢，好像天塌下來也要先賞一賞路邊的風景再說。外地人開車到我們的馬路上，總以為是前面道路堵車了所以車行那麼慢。週末或者節假日的時候，街上往往空無一人，店鋪全部關門謝客，家家戶戶都借著這些機會回家休息躲懶了。以至於後來到長沙上大學，看到週末街上繁華有勝平日，驚奇之餘更有許多"人是物非"的感慨。

　　故鄉不只存在於腦海裏，還存在在我的舌尖上。作為一個地地道道的"吃貨"，若是被人問起故鄉的特色，那定是要從特色食物說起。家鄉美食最饞人的是"光頭麵條"。家鄉人自己生產的麵條，以簡單的做法和美味著稱，麵條軟嫩而不斷，黃燦而不膩，入口即化，配上原汁原味的肉末湯，不放其他多餘東西，滿滿都是幸福的味道。吃麵的另一大特色，是數目與質量堪比飯店正餐的免費配菜。家鄉水產豐富，因此外地人看來並不廉價的小魚小蝦都能出現在早餐麵店裏，加上爽口的青菜涼菜，幾大鍋任君食用，且分文不取。店老闆總是善良而慷慨，熱情地向你推薦自己婆娘做的小碟、昨天新換的餡料……統統不要錢，只想得一聲"好吃"的由衷稱讚，臉上隨即掛上得了糖的孩子那般得意地笑。後來走出家鄉到別處，遍地的早餐店裏雖然什麼料的麵條都有，但嘗試過後，總覺不及家鄉那"無招勝有招"的原汁原味，更不喜小店老闆吝嗇刻薄的待客方式。大概心裏的念想使然，認定只有家鄉人淳樸善良的秉性才能做出那般溫暖的麵條吧。

　　沈從文先生筆下世外桃源般的邊城，故鄉亦如是。鎮子不大，每家每戶都熟識得如同一家人。鎮上有許多德高望重的老人家：歷經戰爭載譽歸來的老兵、妙手仁心救過鎮上許多居民性命的醫生……他們的經歷豐富得像一本厚厚的書，每一頁都寫滿了故鄉的驕傲。我的奶奶就是這樣的人。她是當年鎮上唯一一位在學校裏讀過"洋書"的婦產科大夫，鎮上半數以上的嬰孩都是在她手中出生的，甚至有爸爸兒子都是由奶奶接生的一家子。鄉親們最最懂得報恩，春節只要家裏薰了雞鴨魚肉，全都用編織袋裝著送到我家來，絡繹不絕。記憶中家裏雖然不富裕，但一年到頭從未少過吃食。偶而吃膩了家裏的飯菜，隨便尋個飯點出門都能被鄰裏鄉親拉進家裏飯桌上："添雙碗筷而已"。長大後聽說小孩子"吃百家飯"能得福壽綿延，自己也算是吃百家飯長大的的，暗自開心了好久呢。

參、悲歌可當泣遠望可當歸

　　時光飛逝，歲月如梭。初中起，為了追求更多的機會與更廣闊的未來，和許許多多背井離鄉的人一樣，一步一回頭地來到了城市裏，不得不與故鄉揮手告別。城市裏什麼都有，新奇的玩意兒比鎮上最有趣的東西還要吸引人眼球。然而我在這鄰裏之間都不認識的陌生環境裏無處遁形。永遠記得的一幕是，某一天，我在院裏開心地向住在隔壁的阿姨打招呼，她帶著陌冷漠且防備的眼神瞥了我一眼，而後匆匆走遠了，留我在原地不知所措——我知道，我再也不屬於故鄉了。這是我幼年裏最沉痛的認知，甚至帶上了一股“夕陽西下，斷腸人在天涯”的感傷了。

城市裏真的好嗎？我不知道。像是什麼都有，又像什麼都沒有。像是鋼鐵巨人，雖然強壯到無懈可擊，卻不能給予一個溫暖的懷抱。我站在城市中央，舉目無親，只是一個不能更普通的個體，感覺陌生而無奈。在故鄉裏天真爛漫的我終究被現在不喜形於色的我所代替，記憶裏小小的她帶著難過的微笑向我揮手告別。她耷拉著頭一步一回頭想要慢一些離開，背影像是在哀求我留下她。而我除了沉默什麼也不能做……明知什麼都留不住，心中仍是滿腔的遺憾。

肆、唯有門前鏡湖水春風不改舊時波

無數次地想，若後來的一切只是一個夢。我在清晨的雞鳴中惺忪醒來，窗外湖面上鄉親們開始了一天的生計。爺爺喘著氣想要修補家裏的大門，我終於長高到可以搭把手。奶奶爲我的生日下一碗麵條，我嫌她少放了一個雞蛋。爸爸媽媽正要出門上班，在大門口和我揮手告別。小夥伴們在窗外上躥下跳，手上攥著彈弓，濕漉漉明媚的笑臉。陽光灑在我和你們走過的每一條石板路上，石縫裏都是暖暖的光。而心象一座玻璃屋子，溢出彩色的幸福。

　　春風又綠江南岸。

　　明月何時照我還……

逃離鳳凰

黃小青

我想逃離鳳凰，立刻，馬上。走在鳳凰古城的青石板上，這樣的想法突然湧上心頭。而且非如此不可。

八月，我迫不及待上了火車，從陽光灼熱的南方小城逃離出來，

鳳凰是一個隱藏在青色大山裏的世外桃源。大巴在黛色的小山巒間穿行，我一次又一次撥開車窗簾，夕陽西下，窗外那漫山遍野的綠象生命一般在眼前跳動。如果沒有被開發成旅遊景點，這裡會不會發生更多美麗的故事？沈從文《邊城》裏的故事不知道還會上演多少次呢。

到達鳳凰縣已是下午六點了，華燈在這個小縣城初起，行李一放下，我就等不及要去沱江邊了。

鳳凰不大，街道熙熙攘攘，人聲鼎沸。過了虹橋，從旁邊的小道下去一直走就可以到達江邊，小道有許許多多小店，走幾步就是賣薑糖和木錘酥的，店主脖子掛

著擦汗巾，有力的雙手掄起大木錘“啪啪”地現做酥糖，砸碎花生的誘人的香味飄蕩在大街小巷。

江邊多酒吧，歌手或深情或瘋狂或輕柔地演唱，臺下年輕的男女無不在燈紅酒綠裏迷醉癲狂。他們又唱又跳，那種歡樂的樣子讓人忍不住想加入

路上人非常多，走到江邊，穿過一個石門，眼前就是沱江了。江邊的夜，熱鬧繁華。清涼的江風緩緩拂在臉上，愜意舒服。路燈下鋪著碎花坐墊，好多人坐在上面聽賣唱的歌手唱歌。吉他，手鼓，志同道合的朋友，聽歌的人，嘩嘩的江水，沒有舞臺沒有門票沒有酷炫的音響，忽然想，如果我也是賣唱的歌手，一定會很幸福吧。

燈光的倒影在水面上，完整，又碎了。捧起一掬沱江水，觸電般一陣冰涼的感覺傳遍全身，好暢快！旁邊銀鈴般的笑聲傳來，扭頭一看，小女孩正牽著媽媽的手光著腳丫在水裏玩得正歡，掀起陣陣白色的水花。

我抬頭，對面弔腳樓在一片五顏六色的燈光裏靜默著，守著江水，任遊客來去匆匆。江左，江右，橋面，觸目盡是尋歡的遊客，但是來古城尋找一份靜謐的人，你在哪裏呢？

重新走進小巷，刻意避開人多的地方。巷子裏紅色的燈籠很多，在我眼裏漸漸變成了夜裏靜靜綻放的花，它們安靜地與古城輕輕呼吸，起起伏伏，與世無爭，活在喧鬧的人群之外。

第二天早晨，古城的陽光偷偷躍進窗臺，伴我在無

夢的眠裏醒過來，無需鬧鐘。

　　這座小城的時光緩緩地，有時像是靜止一般，當你站在高處俯瞰它時，避開如織的遊客，只看見一兩個挑水的鳳凰人穿行在巷子裏，只有鳳凰女人在江邊洗衣服的嘩嘩水聲，只有古城與古城人靜靜的呼吸與心跳。

　　午後，突然下起雨了，就這樣與鳳凰相遇在煙雨裏，突如其來的幸福。

　　我趕緊跑進了一家賣明信片的小店避雨。小店靠江，一陣風把店裏的明信片吹得滿天飛舞，把明信片撿起給店主時她不好意思地笑："謝謝你，靠江這邊沒裝門。"

　　穿過簾子，驚豔地，一幅煙雨鳳凰的畫卷在我眼裏展開。風夾著雨斜斜地落在綠色的江水面上，雨越大，水面越熱鬧起來了。而對面的弔腳樓在煙雨裏安安靜靜，跟我一起聽著酒吧傳來歌手寂寞的 "灰姑娘"……

　　雨小了，從屋簷落下的水簾漸漸變成水滴，撐傘的人走過，水滴在傘面 "啪" 地碎成了一朵水花，瞬間傘的影子也在轉角處消失了。

　　古城景美，人也美。綠水青山，民風淳樸。鳳凰人大概一直如此吧，善良熱情，以前，現在。古城的公交車始發站跟終點站是一樣的，我第一次坐的時候怎麼也繞不進古城內，在車站著急地用手機百度時，坐在旁邊的大叔說 "回古城就是在這裡坐車"，我報以微笑說謝謝，心裏滿滿感動，要是在別的地方，如果我不開口，大概不會有人主動幫忙。車上一位阿姨的嗓門很大，我轉身看她，她帶著孫女在靠近車門的地方，給我們這些遊客"傳授"經驗："你們叫客棧老闆來接，不用買票！查票再說！……哎！就是這裡，去吉首的就在這裡下車啦！……"真是個好可愛的阿姨。

等車時，又下起了雨。路上，一個又一個背著竹簍、戴著尖頂竹帽的婦人在雨裏慢慢走著，管它下不下雨，就這樣背著竹簍，時間在自己手裏，不急不忙。在我們看來，古城人是幸福的吧，離開了古城的我，要在每晚睡前調好七點的鬧鐘，八點前要趕到教室。如影隨形的壓力像魔鬼一樣全都襲向我，無力挽救的一些事情壓得我喘不過氣，既虛空又無奈。所有想說的話都被深埋在心底，它們靜靜地哭。

古城的等車亭子裏有長椅，身後一個流浪漢睡得正熟，雨越來越大，避雨的人越來越多，卻沒有人因為流浪漢衣衫襤褸而刻意保持距離，陌生的人互道家常，爽朗的笑聲傳來，笑聲是會傳染的，我回頭，也忍不住笑了。

古城太美，太好，我怕，如果再留多幾天，我就再也不想回到長沙，回到我應該正常生活的地方了。像灰姑娘 12 點之限那樣，我必須拋下所有不切實際美麗的夢，繼續回到現實裏無目標地繼續"生活"。逃離一般，我要離開鳳凰。

鳳凰漸漸消失在我身後，生活，又開始在別處了。

蘇 格 蘭

簡單的簡單

代穎琳

　　我與蘇格蘭的邂逅，只在於這七月夏日。這裡是七月的蘇格蘭。

　　十七個小時的飛機把我從中國的南方城市帶到蘇格蘭的老城鄧迪。與其說它是一座城市，更像是一個小鎮。

　　印象最深的是剛下飛機的陰雨天氣，這似乎是英國的標誌之一。街道周圍零散著精緻的書店、vintage 店、pizza 店、CD 店、咖啡店……因為人少，過馬路要按一個特別按鈕；可以坐綠皮火車去更大的城市，比如曼徹斯特或者倫敦。並不擁擠。

　　我們住在鄧迪大學的學生宿舍，其實這裡更像是一個小家。打開窗，看到綠色草地和不怕生的鳥。

　　步行數十分鐘，進入 Dundee Law——古老小鎮，屋前有花園，以各類花草石的藝術搭配為天然屏障與鄰家相隔。是電影裏的場景。幾分鐘後竟下起微雨，微涼了天空和綠野，清冷雨絲撲打在臉上。寒冷的光澤彷彿形成了露水一樣滴垂下來,落得一身雨珠繽紛,雙手空空。這當下的碰觸即刻便是意義所在。每定格一處便是狹路相逢般的美,把人看透一般。平緩山坡,一路空曠綠意。偶而可見穿運動服的老人結伴慢跑,穿深色大衣的男子牽著大狗走過。一路觀望植物,走到山頂。喜歡這樣的走路,覺得生活也該保持這種力度而沒有遲疑畏縮的前行速度。

山丘頂上,幾乎可以看到鄧迪全貌。雲層碎細,沾著雨後的草木氣息。七月對蘇格蘭來說並不是常規的夏天,即使是壯實的本地人也渾身被棉服囊裹,臉頰凍得通紅,腦袋卻是光著的,手也露在外面。山頂寒意凜冽,卻陽光和諧。遠處是密密麻麻的人文景,映襯下午晴朗的紅藍色雲霞。

下了山又是另外一個世界。晚飯時間,街道冷清,日光已逝的沉浸在暮色裏的城市。幾乎所有商業場所都已關閉,除了偶而幾處餐廳。各商業圈並不為利益、生產等城市氣味而存在,它們只是講究店面裝飾以供他人賞心悅目的休閒場所。一旦我們的骨血全都用以灌輸於俗世的目的,如果有靈魂存在,它將如何回歸與超越。標本、畫作、工藝品、插花等藝術形式便是這個老城裏每一戶不可缺的元素,他們享受藝術和審美。坐在桌子邊,長時間步行之後的疲憊,是面對面坐著、享受隱約的音樂、慢慢吃著食物之後的忘卻。熱乎乎的人情味道甚過事物與食物。依舊被色彩舒適的冰激淩所吸引,吧嗒吧嗒地舔掉,不去管天氣有多冷。

　　整天下來，空曠的馬路從來沒有車隊蔓延的堵塞，沒有潮水湧動的人群。直到晚上十點，天色才隱隱透出發紫的深藍，是二十四小時制的蘇醒過後的寂寥，有海洋深夜航行的氣氛。這裡有一個能做很多日常活動的夏天。

　　蘇格蘭實在變幻莫測，但始終是有核心、有焦點的跳動。人在這裡所需要做的只是期待，僅對時間，期待下一秒會發生什麼。相信你也能感受到它的無常氣質，是雨後的露珠，山雨欲來前的陰雲，山頂落英繽紛。蘇格蘭是需要被探索的，拿起一盞燈，沿著這條隧道往前走。彷彿在花草小徑裏做的一次徒步旅行，小小山丘已是天涯海角。

　　兩周後南下至倫敦，在這個城市地裏，是如螞蟻般竄流的人群，為衣食奔波。我還在半蘇格蘭半倫敦地飄著，直到在餐廳裏點了杯看不懂的飲料才把我嚇醒，連這裡的吃喝都如此具有衝擊性，涼拌薄荷，烈性酒。Waiter 見我是國外友人，也不溫柔耐心地招呼著，於是我們的一頓中飯吃了兩個小時，因為菜遲遲不上。在倫敦，愉悅自然是沒有的。

　　晚間，來到一條古老巷子。燈光明暗。垃圾、塗鴉、鐵銹隨時可見。這條街道的氣息令我興奮起來，它彷彿是倫敦刺激性視覺下隱藏的另一條陰鬱而真實的血管。也許這才是我想像中的歐洲氣質。

　　蘇格蘭讓人全然舒服，倫敦亦有。他們對廣漠的政治的斷論的立場式的詮釋並不關心，而在意人存在的體驗，關心內心、感受、情緒、心理、人性的真實幽微之意。水果醬，經典格子裙，植物，飾物，它們關照人心，人們所要關注的只是如何享受這一本充滿美感的迷人的書的過程，這給人停頓之感，使人與城市之間的距離，親密延伸。是。這是生活。

回到長沙之後，不再有那片森林，小鎮。我再次與絢爛的車流和人群接觸，以及電腦顯示器散發的蒼白輻射光。城市的動物們，用慾望剩餘的唾沫，潤濕卑微的心。

特意把這樣的記憶經過很長一段時間再拾起，這樣在我腦中所留下的便是最不可替代的了。忘記之後剩餘的，就是所得。現在想起蘇格蘭，那種初見的眼神與感覺卻一直記得。雨水，冷冽，內心卻有一種柔情與暖意升起，留下風的氣味。即使初見，卻也圖元未謀面。如同水融於水，不過是二十餘日安靜的人與物的互相陪伴。願把記憶調成最初始的狀態，享受一次次回歸。因為這裡的種種，所提供的是一種簡單生活的可能。彷彿我們的生活，也只是一棵春天裏潔白花樹的簡單生涯。

把一切珍貴記錄下來，文字落入深淵，寫在灰塵和光亮裏，映照人對春日。二零一五年的七月，是這樣度過的。像蘇蘭格果醬，小小的，非常的軟而甜膩。

我看著空空的果醬瓶，它似已成為一種象徵。往與今的對照，記憶與消逝的回響，以及對簡單與時間的真摯追問，一切都珍貴得不假思索。你的簡單，越看越簡單，非常簡單。

你的內心是否也是這樣豐盛平實的世間歡喜，一事一物，代表了最真實的天分。

旅日木簡

一次修學旅行的不周記錄

韓舒暢

　　日本半空最常徘徊的是烏鴉。在街頭不斷重溫印象，感情卻並沒有加熱，這種重溫無非是沖淡了印象裏的刻板，使城市的規律變得雷同了。深入陌生城市肌理的大概總是疲憊感，哪怕我自以爲對它喜歡和熟悉。被捲入東京街頭，漫無目的地走走停停，這樣來的真實是浸泡性的，壓倒般的。第一次來日本時留下的標簽還在，第二次來日本，在這裡呆了八天，常走之路還是會懵懂，但是我已經不再對它的某些特別引以爲意，我知道這不過是拘泥於生活經驗的狹隘比較。當小異已然不鮮明瞭，剩下的大同正是疲憊本身。

　　連續幾天一整天地走，多半迷路，腳底疼痛。而他們卻比我這個萍水相逢的旅客常住太久。我看著這裡的不乏一輩子囿於此地的東京人，他們動如脫兔。電車上彼此擁擠卻沉默不堪的姿態不同於任何時刻他們在公衆場合對人端出的愜意微笑。他們的表情收斂、冷漠、膽怯、哀傷，好端端的精緻，而再低沉的中國人混在日本人中也都有點毛手毛腳的攻擊性。不輕易放走悲歡的視線匆匆忙忙或溫溫柔柔，一筆帶過都是城市上方一句隆重的鴉聲，似把天幕拉上漆黑的拉鏈。冷不丁的一句鴉聲在城郊顯得空寂，在城市顯得空洞。在白晝顯得清苦，在夜裏顯得鬼魅。聽得多了，愈發覺得啼鳥叫聲皆如出一轍，唯獨烏鴉聲聲個性。

環保材料的集裝箱與貓城

　　茨城這個小鎮也正如日本的其他小鎮。街道彷彿緩緩流淌的平坦寬敞的河，兩側木頭盒子和環保材料的集裝箱，整齊地疏落地坐於河上，像低矮的冥想中的船，藝術品般的光澤清新，似乎不曾有人居住的樣子。民居本該厚重，盛滿了飽脹的人的氣息，而它們太過單薄透亮。陽光是什麼顏色，它們也隨之變成什麼顏色，竟自以為真的是一條河。早上八九點鐘，陽光是靛色，街道沒有喘息，空氣中沒有灰塵，木頭盒子和環保材料的集裝箱房門緊閉，路面保持著不承壓的滿意狀態，一眼可以望見街道盡頭。連只流浪貓和流浪狗都不見蹤影。烏鴉一早就開始啼叫，卻只聞鴉聲不見鴉影，清晰的鴉聲裏有來自現實的裝裱的寓意，昭告非現實的鎮的封閉與遊離。日本的其他鎮子想必也如出一轍，而它們大都也與貓城如出一轍。有介乎出現與消失之間的清閒車站，偶而作爲非現實的連介面載來一個迷途的旅人。有神廟的石碑和燈籠，還有一到黃昏就出來閒逛和打牌的貓兒。

　　走進一家行程裏特別安排的醬油店。裏面真的有醬油和賣醬油的老爺爺，以及各種恰到好處的細節裏的靜物。彷彿突然降臨一般。

弓始終張滿

　　還是那麼乾淨。來自於乾淨的壓力屬於整座島，島上居民的集體紛紛擁有潔癖。他們無一例外地恐懼著輻射和細菌，婦孺孩童皆精通垃圾分類。垃圾桶彷彿是視線的恥辱，所以日本人不允許它暴露在街道上。人也應該對自己會產生垃圾這一點感到羞愧，所以人們出行會把垃圾偷偷放入隨身攜帶的垃圾袋。他們製造出嶄新的空間，卻不把有人染指的痕跡強加於它，似乎這是極不自然的事情。馬路瀝青始終黑亮，餐廳不接受油污，洗漱臺沒有濺出的水漬，廁所被掩藏起來的紙桶總是空蕩蕩。反對一切形式的污染，膽怯的島國居民內心發出了這樣強大的聲音。以人力還原自然的面孔，又以人力扭曲自然産生的垃圾，這樣的做法很有相悖的意味，但是當它作爲集體的無意識信條凝固下來後，便成爲了先天合理的事實，使得民族從髒汙中退避三舍，開出潔淨的白蓮。

　　東京是世界上人口密度最高的地區，卻不曾給人一種來自於人多的不舒適感。因爲秩序早已規劃了每個人的流向，使他們得以各行其道不逾矩。他們有打扮得賞心悅目的義務，女人化著體面的妝卻不出挑，男人需要精心保持時尚感。沒有人有異味和痘痘，基本沒有肥胖症患者。他們同時有不打擾別人的義務，避讓構成陌生人之間最大的張力。規矩從身體接觸以內擴大到身體接觸以外，觸犯了規矩的眼神猶如驚弓之鳥。電車上，把面積很大的朝日新聞折成手掌大小，看書只看口袋書，既不接聽電話，也極少有人竊竊私語。坐扶梯時，所有人自動靠左排成一列，為右邊快速經過的行人騰出地方，而在電梯間內，因為要下的樓層在其他人之前，出電梯門時會因耽擱了別人的時間而感到抱歉。街道上車不鳴喇叭，而即便是城郊偏僻的小路上空無一車的夜裏，行人還是會等到綠燈亮起。

當秩序感賦予了每一個人，他們便同時收穫著良好秩序的饋贈。沒有乞討者，只有在皇居的坪前瀟灑睡眠的浪人，他們被政府供養。亦沒有行騙者和偷盜者，女人們背的挎包為了方便取東西往往省去了設計拉鏈。我住的城郊小道上總有一家店主在停放的自行車旁，晾他的一筐長棍麵包。而鄉下有無人售賣的蔬菜棚。無論是肥胖的鴿子還是跳腳的麻雀，統統可以繞著人的腳踝走，從來不怕。

羞恥是抬頭三尺一把張滿的弓。之下少有垃圾與犯罪，少有喧嘩與不敬。旁人總是能夠令他緊張。恥感僅僅是在公眾場合對自由度的調和，這把弓張得有多滿，當他作為獨自而存在時，便會被折斷得有多凶。這只是猜測，因爲私下的人沒有機會被旁人見證。

集體之神

在日本住的是學生宿舍。學生宿舍是現代日本最樸素的一種住法。牆漆清淡，是年輕人的顏色，房間內一切從簡，就像嬰兒白淨的臉，像紙做的房子。

和式晚宴之前，門口擺著幾行幾列一模一樣整齊如麻的拖鞋，老太太盯著我們有沒有穿著鞋子踩到不該踩的位置。早餐時在人來齊之前，大家遲疑著不敢動筷子。而在最後離開房間時，需要把房間恢復成原來的模樣，把床單枕套疊好交還管理人員。排隊永遠是第一正確。

日本在法律裏規定，從小學一直到高中必須穿校服。而給學生立下的規矩也容不得他們驕縱。不喜歡表現得跟其他人不一樣，似乎是一種先驗的信奉。企業與政府機構，他們同樣熱愛一致。爲上班族每天換洗一套一樣的西裝是洗衣店最大的使命。

對集體的尊重看上去並不會礙到他們深層次的個人自由。可是，有沒有不喜歡穿裙子的女學生呢？這是對不穿裙子有著強硬態度的我的一個困惑。也會有其他種種困惑。而集體或許早就說服了土生土長的日本人擁有一顆無困惑之心，集體是習慣，談不上幸福，但絕對自然。

少女的皇冠與男人的權杖、真或假

和果子是我知曉的最精緻的點心，日本人待人就像喂我吃了一口和果子，表面上鮮豔，想必也是很清甜。

他們的服務浸透著濃濃的知性。包括馬桶旁伴隨的音樂，和式房間的茶具茶葉與疊放規整的浴袍，聽講座時桌上擺放的紙夾與小食，隨處可見的飲品自動販賣機。

他們的笑容是很有觀賞性的笑容。講解員，服務生，司機，收銀員，他們都笑得讓我怦然心動，不忍指認作偽。花白頭髮的老司機和門衛大叔見面就會問好，經過修路工人的路段時他們同樣會致以問候。每次拜訪過一家機構或離開一家酒店，工作人員們會對著大巴揮手致意。尤其，迪士尼小小世界的二次元小哥和教做壽司的元氣小師傅笑起來真是如沐春風美如畫。

在迪士尼排隊時遇到一個大一點的小男孩帶著一個小一點的小女孩。他們臉上寫著鮮明的中國特色，男孩臉色如棗糕，女孩圓腦袋像糖葫蘆。小女孩把身子探出窗外時，沒能禁得起船上的人們微笑揮手的誘惑，對著他們招起手來，臉上愈發興奮得飄紅。男孩隨即下意識反彈：放下放下，好丟人，你又不認識他們。

我對日本人的笑容有很認真的想像，使得我對每一次示好的回應都顯得困惑與羞赧。天性裏人們究竟是不是傾向於對人親熱友善呢？還是保持安全距離的防範與客氣，甚至是惡意？笑是多麼累的一件事情，它幾乎要牽扯到臉上每一塊肌肉。講解員阿姨笑得咧到了耳根，就像嘗到一湯匙的甜。我卻惶恐著她見到我們的叨擾未必真的開心，也惶恐著她在電車上或無人之境會是怎樣一番面無表情。

　　在深諳微笑的交際意義之後，微笑或許愈發遠離了被心趨使的能力。它可以是職業素養甚至是爲人習慣，但是當她真的開心得笑出聲來，樣子和接待客戶重疊時，我卻感到一種表情的失去。

　　但是事實也真的如此嗎？無論如何，我像被賜予了一頂皇冠，有所希冀。

　　二次東渡，依然沒能見到櫻花。而雪國的蹤影，在北方飛來的烏鴉溢散著點點寒氣的叫聲裏可以見到些許。更多觸及命脈的花紋，落在我未來得及翻開的太多左開本、豎版文字的書裏。我吃到了很多逃脫了經典印象的食物，也想像著一個分裂了經典印象的有著封閉的內心史的日本人，畢竟總有一種方法可以邊說著“我不喜歡和其他人不一樣”又完美地避開它。就像奇鳥行狀錄裏笠原 May 給擰發條鳥的信中寫道：我的父母加起來還沒有我地道，他們居然相信世界如同單元住宅那樣始終一貫如此這般。放進去蛋羹料，叮噹一聲出來的可能真的是奶汁烤通心粉啊。

心 香 一 瓣

似雨天

鎏雲帆

　　上海的雨，南京的雨，長沙的雨，重慶的雨，南方的雨落到南方的故事裏。沿長江水域，婁公子綿延晃動的鏡頭穿梭而行，撞到一樁樁愛情，目睹一段段別離。市井紛亂，行蹤模糊。這是他的愛情故事的根源。他始終曖昧、燥鬱、漂浮。《春風沉醉的夜晚》裏道明瞭時間是"驚蟄後的幾天"。"衆蟄各潛駭，草木縱橫舒"，我想，這是婁燁故事裏不變的情懷。

　　《推拿》的結尾，寫著"小馬推拿，前方 50 米"的簡易破舊牌子。雨夾雪。舊樓。在走廊洗頭髮的女孩。小馬醉心的微笑是伴隨著"我最愛的那個姑娘，她一點一點吃掉我的眼睛"的音樂。《蘇州河》裏美美在雨天抱著洋娃娃出現在門口，仰頭喝掉一瓶白酒。《浮城謎事》裏雨天的車禍。《頤和園》裏海邊錯失的愛情。故事總伴隨濕氣和雨水。

　　婁公子鍾情於拍攝南方城市，但他所呈現的，往往是混亂，失序，不穩定。也是城市最髒舊，最一窺可見的一面。鏡頭橫搖掃過，很少停留。《浮城謎事》中浮光掠影武漢的街景，《蘇州河》中在船上打量河邊建築船隻，《花》裏疏遠冷漠，布滿塗鴉的巴黎。從某種角度來說，它們全部只存在於主人公的視線之中，而不是真實的環境展示。

電影裏的人來來往往經過，對話或者行走，最日常的生活。除了那一點點，馬上就要升騰起來的躁動。

以暴力和疼痛獲取愛情，是婁燁的愛情文本永恆的主題。這是他的方式，性愛、自由、正直。前兩者都易於理解，但我很難表述清楚“正直”這個詞在婁燁電影中的表現。也許是縱然陰隱無狀，它們亦都理直氣壯，奮不顧身。所以性在婁燁的電影裏從來不陰暗，它代表著光明，更近乎於藝術上的靈感。它伸出溫柔的手揪住你的心，用嘴唇碰著耳垂低語，它與你無條件的親密。

他喜歡反常規的赤裸展現愛情。沒有營造沒有篩選，不唯美不抒情，像一場冰冷的入侵一般進入情慾潮汐，記錄每一次波動。《春晚》裏，鏡頭窺視到暗室裏兩個男人的性愛，光影明滅。它也是餘虹拾起耳機後的大笑不止，周偉揚起的巴掌，花一次次的沉溺迷失。他們在愛情的困境裏掙紮、反思、不了了之。

柏林屋頂，李緹微笑著縱身躍下，一群白鴿飛起，留下周偉和若古的驚慌的對視。這是婁燁影片裏我看到的最好的愛情，它被我一直放在心裏惦記著，是一小塊柔軟。就好像一月初的時候有天一個人走在熱帶午後的

陽光下，《opening》的提琴聲又響起，瞬間清涼靜默，
揪心感堪比《summer palace》裏的《solo portuamor》，
都是面對是屏息凝氣的河流。聽著它，只想要彎腰蹲下。

　　婁燁一直在講年輕人的故事，卻好像始終與新的舊
的形態都格格不入。這些在愛情裏鮮活的人在生活中陳
舊，在年輕的動作言語場景中時時冷漠倦怠。潮濕寒冷
切開皮膚，注入更深的潮濕寒冷。

　　他的電影本身，也像是一片水域交織。虛構與紀實、
愛情與政治、真實與幻想、文字與影像、孤立與被愛。
這水域被光影切割，呈現出潔淨。

一些關於瑣記的文字

孟　妍

　　最近一直在看一本書，零零碎碎的文字，原也以爲它們會稀稀落落的停留在記憶之中。但是大概人對自己選擇的事物往往有種執念，近來書中的文字變得越發深刻。

　　一如既往，從來都是隨性的寫下文字。所以，這次依然想記錄下自己對《紐約瑣記》的想法。

　　這是一本關於藝術的書，但是我更願意說它是一本關於美的記錄。

　　但它的美不單單是好看那麼簡單，我一直相信這些文字是有靈魂的。陳丹青先生與這本書一樣，全然散發著一種自在之氣。記憶最深的在開頭陳先生在書中就有過這樣一段話"天然的好看，是波西米亞型的窮藝術家或大學生，衣履隨便，青春洋溢，站在畫廊或雕像前，靜下來了，目光格外純良。我所謂的好看就是這個意思。"

　　當時靠在床頭看到這句話時再自然不過的合上書拿筆抄下了這句話。

　　一個人的眼神，沈穩而不失澄澈，成熟卻不世俗，大概，是我最喜歡的樣子。

　　歲月漫長，又有多少人能始終不移真心。

　　每翻幾頁就可以看到一些名畫，旁邊附有簡單的文字標注。我喜歡這本書的排版，它的插畫。總覺得繪畫有繪畫獨立的表達方式，再好的文字，去描述一副畫，終究是牽強附會，終究是說不到它的精髓，永遠不如讓人自己去直接看的好。

　　想起自己曾經學過八年的畫畫，記憶卻停留在小時候。那個時候總是願意用跳動的音符什麼的來形容繪畫，更加被吸引的是它的色彩。而慢慢的正如陳先生所記錄的，真正繪畫或者展覽的美是有生命的，是沉澱了一種無形的力量的。這種作品應該是充滿靈性的。

　　陳先生在書中最先提到也是有大量的花費筆墨提到的是關於美術館。用美術館開始給讀者展現著每一個他想表達的意境。他把它形容成一座墳墓。多少埃及木乃伊，羅馬石棺，中國陶俑，還有波斯古塚的瓷磚畫，離開自己的千年洞穴，隆重遷葬美術館，統統被投下鉅額保險，給燈光照亮著，得其所哉的樣子，死在美術館裏。

　　我想許許多多的生命感或許就在以這種形式被壓抑著。

　　而同時陳先生也承認美術館是藝術家連綿不絕的靈感湯，輸血站。當然，也是他們念念不忘的夢。

　　因為美術館裏記錄著時間，世間所有的公道不過是時間，它會讓這些作品本來的意義漸漸顯露。

　　想來，我們總是說時間殘忍，但它卻以一種獨特的刻薄方式讓我們慢慢寬宏。

　　就像作家於藝術作品，我們總是為美好的事物在消耗著感情，用不屑來承托著光輝，不斷的燃燒，誠然，這應該算得上是一種美妙的消耗。

　　另一個關乎藝術的部分應該算是陳先生對於畫廊進行的記錄。首先提到的便是畫展酒會，無疑在酒會上成交的機會往往大大增多。畫展上擠滿了客人，人聲喧嘩，嘈雜著交談，有笑，也有酒杯碰撞的聲音。讀此我想到我曾經讀到有人寫到過，站在路邊看著人來人往，會覺得城市比沙漠還要荒涼。每個人都靠的那麼近，但卻完全不知道彼此的心事，那麼嘈雜，那麼多人在說話，可是沒有人認真在聽。所以，酒會畫展實際上是寂寞的，但不同的是它不僅是酒杯相碰的人們，還有，牆上的畫。

　　其實不管是陳先生所描述給我們的這些文字也好，插畫也好，亦或書籍的紙質，我想真正偉大的作品，它必定是真實的，當你站在它的面前，會感到它的氣息撲面而來，它的每一份筆觸都會飽含著畫它的人的喜怒哀樂，瘋狂與專注。

　　想起今年清明我執意要去婺源看油菜花，在李莊一座座連著的村房中，我脫離了成群的遊客，穿過一條條灰白色房子的小道之後看到了幾個來寫生的人，她們大多也是身著樸素的大學生，專注於眼前的景和手中的筆，劉海自然的垂下，我拍下了照片。

常說李莊本身就是一幅畫，而他們和他們眼中的景，在我們看來，又是一幅畫。和酒會畫展一樣，鄉村的每一條小路都被洶湧的人潮擁堵住。但不同的是李莊的這幅畫沒有畫廊中的畫那般寂寞和悲情。因爲不同於酒會中的生意人，遊往的人們大概本就是被它的幽靜乾淨吸引，所以儘管有些嘈雜，卻掩藏不住那份幽靜的情調，典雅古樸同時又很好的融入在現代化的華麗中。

後來我記得關於婺源的畫，我寫下的是“墨韻”這個詞，儘管在這幅畫中白色與灰色交相呼應，金黃色佔據了整個目光。但也許是因爲深色總能覆蓋淺色吧，素雅常常比色彩更灼眼，真正的情感總是隱匿與靈魂深處，早已與視覺無關。

我想這大概就是陳先生所說的一種真實偉大的作品吧。你看著它，會感覺的到它的味道。那種感覺，就像是身在異鄉，在某個轉角，突然遇到闊別已久的故人。這份溫情與安謐，不知要用多少相惜才能積纍得起？

陳丹青先生在這一部分最後的話是“所有畫廊中最爲中肯而善意的勸告是請藝術家忘記畫廊，回到自己的畫室去。”是的，回到最接近自己內心的地方去，在那裏我們會看到我們本來的模樣和我們該成爲的樣子。

關於藝術家肖像，陳先生將奧爾和坦希和藝術文化與自由結合起來。其實常常覺得很多所謂的藝術家更應該說是生活家，生活遠比藝術更豐富。想起以前上課的時候老師和我們說過一句話“大碗喝酒，大口吃肉，熟讀離騷〞，我想大概的意思就是只有真性情的人才會把生活過的更藝術吧。我喜歡生活的純粹的人。待人真誠卻不失天真，一個人一定要活的是自己且乾淨。正如陳先生之前所說的波西米亞型的窮藝術家或大學生。奧爾和坦希都是乾脆的人。

其實不管是陳丹青先生所說的美術館，畫廊，還是藝術家，覺得《紐約瑣記》的魅力就在於它給我們真實的陳列了一個個文字，一幅幅畫，一位位畫家的個性。讓我感受得到真正的美的意義是在生活中的。

在真實的生活面前，我們會忘記時間的殘酷。瑣記，無情而漫長，但這些文字卻一如既往的柔韌，清朗。而我們都在時光的長河中，波瀾不驚。

有情與謐靜

談談《沈從文的後半生》

鄧照華

在遙遠的邊城，在分不清今昨的時間洪荒裏，沈從文孤臨著沅江水，他沉音徘徊，流水默聽，它聽得極有情的一句："人實生活在極其靜止寂寞情景中。" "靜止寂寞"與"有情"常爲先生眼中的水所承載而永長流淌；湘西的河流，青島的大海，清淡、柔濡、靜謐的水溶入他燒紅沸騰的年輕血液，浸潤出他素樸卻高貴的靈魂，這靈魂的蔭庇下是一曲曲山穴迴蕩的湘西民謠、一段段淌水而過的質樸故事。

時空轉換，來到 1957 年的上海，沈從文望對黃浦江畫了一幅速寫："四月廿二日大清早上，還有萬千種聲音在嚷、在叫、在招呼。船在動，水在流，人坐在電車上計算自己的事情，一切都在動，流動著船隻的水實在十分沉靜。"（《沈從文的後半生》注：下文引文如未作特殊說明，皆引自該書）先生筆下的水與小船有如魏晉名士，飽酣著"世人皆醉我獨醒"的快慰與自然，而他的心尖也觸抵另一個世界——令人豔羨的關乎"情"的謐靜世界："有情"是流動著的水，水上托著一隻"謐靜"的小船，船上的人正酣眠，"總而言之不醒"。

從沅江到黃浦江，再到這個大時代的人流物流之中，滄海桑田間，先生心中卻自有一些稱爲"永恆"與"常在"的"東東西西"——寶貴得來的"謐靜"，他對中國傳統品德與文化的"鍾情"和苦痛的情感裏潑篩出一點帶有素樸、高貴質性的哲學信仰，這些"東東西西"沉潛了他內心火辣的掙紮，讓他得以在時代的苦難面前表現出端莊與尊嚴。

先生的情趣所向終歸於"人類高尚情操的種種發展"（《綠魘》），如果範圍更加縮小，則是中國民族傳統的體認與優秀道德的重建。他希圖把這種這種理想融入到具體寫作當中，他自信"偉大的文學藝術影響人，總是引起愛和崇敬感情，絕不使人恐懼憂慮。"（《抽象的抒情》）在先生筆下，無論是湘行散文還是邊城一類的小說無不洋溢著一種力挽狂瀾的能量。

在先生的後半生，這種"有情"滲透在他及其家庭的際遇變化之中。當次子沈虎雛在四川自貢被誣爲"反革命"抓走，兒媳能"堅持真理，有信心，也有勇氣承擔不幸"，這讓老人在痛苦之中獲得莫大的安慰，這份安慰與其說是來自兒媳，不如說是老人內心的"有情"，對權力恫嚇的剛強不阿，對傳統正義道德的執守不離。這種"有情"須放諸大環境理解，先生所處的時代宛如一座巨型熔爐，將絞碎後的一切“舊”時刻表重新鎔鑄鍛造成一個金光耀眼的大鐘，這個大鐘分秒所向揮指著芸芸眾生的一切，當它的粗笨指針拋下錨來，便可以宣告這個時代的白晝——儘管有時候它白夜倒置——停止；它甚至可以讓一個人對自己的一天全神貫注地凝望整整一生，讓“落後”這一時代的人飽受時間沸騰的折磨。在這樣的大時代下，先生幾近精神分裂，但就在“神經已發展到‘最高點’上，不毀也會瘋去’”的關鍵時刻，他選擇離開已經碩果累累的文學寫作，轉而投向廣博的中國古代雜文物研究中去。在一九四九年九月八日致丁玲的信中，先生談及自己“調轉船頭”的原因：“爲補救改正，或放棄文學，來用史部雜知識和對工藝美術的熱忱與理解，使之好好結合，來研究古代工藝美術史”。信中，他隻字未提惋惜之意，乃至又幾十年過去，在生命延宕的最後也不後悔當初的抉擇，這並不是先生對自己文學徹底失望的結果，除卻時代的影響，而是他的“愛”與“情”逐漸從外露的文學到更內向的文物研究轉變，這轉變蘊含著他“情感發炎”痊癒後生發的哲學命題：“生者百年長勤”，以及對生命情感價值的關懷和對中國文化傳統的關注與復建。這些構成了先生前半生與後半生中未曾中斷的“有情”追求。

　　無論時間、空間如何急遽變化，周遭人事如何飛轉遷移，先生試圖通過傳統文化的復建構造成一個“有情”人生與新的世界，他在追求中如一赤子，也只有赤子能於喧囂之外獲得“謐靜”，思索自身，認識他人。
“但願長醉不復醒”，在謐靜的歷史的故紙堆裏，在一
件件漆器、一片片絲織品中，沈先生長夢依舊；“猶及
回鄉聽楚聲”，他宿夜沅江水上，任船隨水流走……

　　再回到《沈從文的後半生》這本書中，此書中重筆
勾勒了兩個時間軸——“文學時間軸”與“哲學時間
軸”。“文學時間軸”乃是歷史客觀時間的線索，流走
穿插於先生的書信、雜感以及零星作品中，這與一般傳
記作品無異；特殊處在“哲學時間軸”的呈現上，張新
穎教授通過直引傳者的心緒獨白，將先生的心理時間高
標出來——他儼然跳脫出了外部時間的圈套，拖著他的
古董們奔波在時代與個人時間的夾縫裏，愈往前，時間
網格就愈稠密，最後濃縮成歷史坐標的某個點，就像一
滴墨水滴入海洋一樣，無跡無痕但是存在，進而將“謐
靜”這一抽象形態上陞到“永恆”與“常在”哲學禪思
的高層中。

　　在土改的大變革中，先生將自己的目光投向生命更
永長的山川、河流與草木種種，聆聽生存和生物的“難
以宣言的歎息”。他決心在在自然之間探尋“謐靜”，
抗拒外圍世界與時代大鐘對個人的綁架，著力構造一層
“隔膜”，尋求關乎個人的獨一性，這實在難得。

　　“川江……這裡有杜甫，有屈原，有其他種種。……
世界正在有計劃的改變，而這一切卻和水上魚鳥山上樹
木，自然相契合如一個整體，存在於這個動的世界中，
十分“安靜”（1951年入川土改船過巫山）

　　在變化的時代，聆聽自然可使人趨於淡泊寧靜的心境。無獨有偶，黑塞在《鄉愁》中也認爲"窺探自然事物的深淵"，"理解這入謎一般、具有原始美的話語，便可再度進入樂園之中"，"這片樂園"在先生看來便是內心的謐靜。

　　而後，先生以文化工作者身份路過濟南，再到文革中被打成右派下放湖北勞動，在泥沙俱下的日子裏，他緊緊抓住自己尚未崩斷的最後一根神經，化作現實世界中的異鄉客，如臨沅江水般靜靜地體認著周遭的一切，在匆匆而過的時間洪流中淘洗出世間靜態。

　　"濟南住家才真像住家，和蘇州差不多，靜得很，如這麼做事，大致一天可敵兩天。有些人家門裏面花木青青的，乾淨得無一點塵土，牆邊都長了黴苔。可以從這裡知道許多人生活一定相當靜寂，不大受社會變化的風暴搖撼。"（1956 年以歷史博物館文物工作者身份路過濟南）

　　在時代向前大步前進的急劇運動中，先生決然放棄文學創作，躍身潛進歷史長河之中，專注古代文化傳統的研究。他又如一位時代預言家，用周轉大半個世紀的"有情"雙眸，預言社會的走向。換言之，先生對目之所及的人事始終懷著愛意，對於其他，仍保持獨有的清醒，一如內心寧靜的人，耳目敏銳，得觀人間聲色的微妙差異。上世紀八十年代先生在表侄黃永玉的安排下回到闊別良久的湘西，面對故鄉的風物，卻對數十年前風情人事的消散，深感痛惜，在變與不變之間，先生清醒地給出了結論：“太陽底下沒有新鮮事”，艄公擺櫓，遊船夜行；三五縴夫，呼號交集；一片漁家燈火的景狀終將是歷史的一角灰燼。

　　周樹人棄醫術志於文學救國，沈從文封筆投入文物研究，此二子者“相拒而實相扇”，終究是弱小的個人勇敢站立在了宏大歷史的今昨。歷史自古崇理反情，但是沈先生把“有情”推向冷冰的歷史，如孩童縱身躍入清涼水中，溯遊而上，行將溺水又自作拯救，終獲永恆的謐靜。我常譫望能體驗這番感受，但是“如人飲水，冷暖自知”何況這耶穌般受難的境地高懸青天，仰之彌高。作文前偶然翻得木心先生的一首詩，中有“我自溫馨／自全清涼”云云，細細品味，此間冷暖大概如此罷。

從此莫問奴家愁

《神雕俠侶》李莫愁其人

劉子勤

莫愁其人

"面若桃李，心如蛇蠍"，形容的便是金庸筆下最為狠毒的女性角色——李莫愁。《神雕俠侶》作為金庸的代表作之一，無論是楊過與小龍女淒婉的愛情，還是郭芙一生的等待，都令人印象深刻，唏噓不已。然而在我看來，金庸先生在李莫愁身上傾注的大量微妙而複雜的人性描寫，更值得細細品味。

江南離愁岸，秋湖風浪晚，霧重煙輕，越女歌隱歸棹遠。只見湖邊一個美貌道姑悄立柳下，杏黃道袍被晚風拂起，背後所插一柄拂塵亦在秋風暮色中撩起萬縷柔絲。那道姑提起染滿鮮血的手掌，長歎一聲："風月無情人暗換，舊遊如夢空腸斷"。

　　這是神雕俠侶開篇中，李莫愁第一次出場時的畫面。俏麗道姑身著杏黃道袍，手掌卻沾滿鮮血，兩種色彩的強烈對比，美麗而狠毒。耳邊仿佛又響起了伴隨她一生的唱詞：

　　"問世間情為何物，直教生死相許。天南地北雙飛客，老翅幾回寒暑，歡樂趣，離別苦，就中更有癡兒女。君應有語，渺萬裏層雲，千山暮雪，只影向誰去……"人們常驚異於她的手起刀落殺人如麻，而少有試著去理解她孤獨孑孓身影背後的無限深情。

也曾年少爛漫不識少年

　　少女時期，李莫愁與小龍女一樣，師從于古墓派。這是一個獨特的門派，要求弟子終生不能踏出古墓一步，沒有感情沒有牽絆。然而人性無法被抹殺，十幾歲天真爛漫的少女不甘為一座古墓所困，叛出了師門，從此紅塵遊歷。

　　造化弄人，涉世未深的她遇到了此後糾纏一生的男人——陸展元。青澀時的二人情投意合，李莫愁將自己的一方錦帕作為信物贈與情郎：紅花綠葉，綠是"陸"在江南方言中的諧音，一份少女情思我見猶憐。而對於陸展元來說，古墓裡長大的少女只是一個新鮮的玩偶，一方錦帕的情意他不願承擔。

　　愛極成恨。因為陸展元曾經的背叛，所以即便其人已死，也要血洗陸家莊；因為情敵名中帶"沅"，所以只要打著"沅"字旗的船，她都要統統毀盡。從小在古墓中長大的她空有一身武藝，從未正確的引導，滿腔怨氣只有通過報復和毀滅來抒發。

但女子終究是女子。她受過傷因此發誓再不真心待人，然而面對繈褓中的郭芙，心底裡隱藏的母愛卻袒露無疑。她懷著幾乎漫溢而出的溫柔，哼著兒歌，哄她入睡，即使師妹用她處心積慮再三謀而未得的《玉女心經》來換，也不肯把郭襄交還；她為這初生的嬰孩，竟不惜四面樹敵，與搶奪孩子的人惡戰拼命。這樣的莫愁是正是邪？善乎惡乎？或許可以這樣解釋那朵始終掛在李莫愁嘴角邊的神秘微笑：因為我有世界上最大的煩惱，所以我總是笑著。

在重入古墓搶奪《玉女心經》時，她見楊過與小孔女福禍相依休戚與共，不禁流露出一片真心："師妹，你聽我說，我們做女子的，一生最有福氣之事，乃是有一個真心的郎君。古人有言道：易求無價寶，難得有情郎。做姐姐的命苦，那是不用說了。這少年待你這麼好，你實是什麼都不缺了"。可見她一生肆意妄為，所求的卻也只是一位"真心郎"，求而不得，如此而已。

莫愁之死

在絕情谷中，李莫愁犯了眾怒，武林中人群起而攻之。她面色不改，一柄拂塵起起落落間視人命如草芥。突然，她停止攻擊，站著一動不動，只是側耳傾聽。原來遠處簫歌相和，她憶起了少年時與愛侶陸展元共奏樂曲的情景，一個吹笛，一個吹笙，這曲"流波"便是當年常相吹奏的。這已是二十年前之事，此刻音韻依舊，卻已是"風月無情人暗換"，耳聽得簫歌酬答，曲盡綢繆，驀地裡傷痛難禁，忍不住縱聲大哭。李莫愁將兩片錦帕扯成四截，說道："往事已矣，夫復何言？"雙手一陣急扯，往空拋出，錦帕碎片有如梨花亂落。

　　頃刻間，如一只黑色蝴蝶，撲向了情花燃起的烈火。任憑紅焰火舌周身飛舞，以薄命的紅顏燃燒起最後的絕唱。花之毒又怎堪比情之毒？這個誤入情障的情癡，早已染上奇毒，病入膏肓，無可救藥。嬌豔不可方物的情花是李莫愁生命哀歌的終極象徵，一縷香魂義無反顧地撲入虛無的懷抱。

　　蝶與火的故事，從來就不是三言兩語就能道盡的。

人生自是有情癡

　　所謂情深不壽，慧極必傷。愛極而恨，古墓中生長的女子在滿腔深情被厭棄之後，毫不猶豫的走上了復仇之路。魯迅曾經說過："悲劇就是將有價值的東西毀滅給人看。"李莫愁就是這樣一個從頭到尾的悲劇人物。她是一個高傲冷漠的人，但冰冷的面孔下藏著的是一個赤誠的心。她原是古墓傳人，卻不惜背叛自己唯一的親人，選擇孤獨地去尋找愛情。這本該是多麼浪漫的故事，而命運卻對她開了大大的玩笑──她押上一生感情的人卻愛了別人，龐大的孤獨感和挫敗感讓她從一個天真少女變成了女魔頭。她正需要那樣一個堅硬的外殼去保護自己。陰冷的刀鋒遠比溫暖但飄忽的愛情更讓她覺得安全和實在。

作為金庸筆下最富代表性的女性形象之一，她一生愛恨癡纏，肆意妄為，不被理解，孤獨高傲，連死亡都那般淒美。在心狠手辣、無惡不作的背後，是一個為情所傷、為愛癡狂的可憐女性。這種多面性的描寫，也讓我們見識到了一個真正的大師高水準的文字功底。

彈指事成空，斷魂惆悵無尋處。人生自是有情癡，此恨無關風與月。

《遊園驚夢》

女人的怨悱與女人的生氣

韓舒暢

　　古翠花是女性特質的凝粹。層疊的繡樣鋪展開的旗袍隨身體的曲線而起伏，它是最蒼白的遮掩和最濃鬱的暴露，厚重的雲鬢與厚重的衣袂不停地脫落著封建潮塵。她吸取的正是垂垂老矣的審美文化裏最作繭自縛的那部分。情盛時語更怯，聲愈噎。她的舉手投足是形而上的美的定義，而缺乏了些靈魂的投射，久而久之，卻也替代了靈魂而存在了。被落寞王朝甩了尾的女子，和鴉片惺惺相惜，她恰似一段風韻猶存的朽木，鴉片則樂於去蛀空她從而讓她更加美麗。

　　她不像榮蘭那樣有懷疑自身的能力。她的矛盾僅僅體現在如何去選擇美麗，而不是如何去選擇命運。她的美麗生來便是天經地義的下坡路，因爲美麗限定在不作爲的自然損耗和有作爲的絕對摧殘中得以彰顯。前者是蹀步、女紅與牌戲，偶而緩慢地談天，讓優雅變成一種儀式。後者是烈酒與大煙，是白手帕上咳的血。

　　倫理身份和性別身份在大宅院裏往往是兩碼事。她被叫做五太太和夫人，被人扶，被人鞠躬和客氣對待，她也被用銀兩相抵，被別人和自己遺忘生日，被命令唱曲兒與下跪，在一個煙圈散去後目也斷魂也銷的一家之主面前，即便他已沾染了死者的神態。

　　相比縮影式人物翠花，榮蘭的立場顯得特殊又複雜得多，在年代的烘託下既合情合理又有烏托邦意味。對美的極致追求可以迫使人忽略性別拘束，作爲一套幽閉的審美法則的次生延伸，在舊時確不罕見，倒不像今日這般鄭重其事、上綱上線。辭舊迎新的大環境使然，進步的與不進步的，似乎什麼都可以被看成糟粕，似乎什麼都可以被容忍，榮蘭一套男子裝束英氣勃發，和翠花鴛鴦戲水你儂我儂，是審美的，而不是道德的。

　　“凡是個體都力圖確定自身是主體，這是一種倫理上的抱負。”在榮蘭身上可以看到女人作爲人和男子平起平坐的價值，在她立足於本體的多數時候，她沒有向女人的內在性屈服。“事實上，除此之外，人身上還有逃避自由和成爲物的意圖，這是一條險惡的道路，因爲人被動、異化、迷失，就會成爲外來意志的犧牲品，與其超越性分離。不過這是一條容易走的道路，這樣就避免了本真地承擔生存所帶來的焦慮和緊張。這樣，將男性確立爲自我、將女性確立爲他者的男人，會發現女人扮演了同謀的角色。”翠花是女人，是真正的女人，而非真正的人；榮蘭卻否認了“女性”作爲他者、作爲非本質對個人信念的剝離，她幾乎是站在男性立場也即人的立場將自己的愛和盤托出的。

男人需要女人作為一種對立的補償來實現最自身力量的確認。這種力量是獨立，是自由，是對有限生命的克服，是精神相對於肉體的超越。「他們在相當大的程度上認為，女人是同類、平等的人；然而，他們繼續要求她是非本質；對她而言，這兩種命運是不可調和的；她在兩者之間猶豫，不能準確地適應任何一種。」榮蘭對翠花的愛的成分，在補償與憧憬之間。若是補償，便是需要對方，卻不是成為對方，這本身是一種優越感的表達；若是憧憬，便是作為女性而缺乏女性元素的既定事實讓她產生傾慕與自卑。她在本是相錯的二者之間無所適從，於是將情感的產生簡單歸結為對一種文化、一種形象的癡迷，正如她所說，她是一個有進步思想的人，同時也被曲藝、大煙和古典女性美所體現的頹廢死死收買，她為此感到罪惡。其實，這種罪惡，追本溯源是來自性別的糾纏與困惑。

光鮮吳彥祖的出現一下子打通了她作為女人的任督二脈。「在男人身上，在公共生活和私生活之間，沒有任何斷裂：他越是在行動和工作中肯定他對世界的控制，他越是顯得像男性；在他身上，人的價值和性別、生命價值是一致的；而女人自主獲得的成功是與女性身份相矛盾的，因為男人要求『真正的女人』變成客體，變成他者。」榮蘭聲稱邢老師洗刷了她的罪惡感，但就她的茫然心境和最終抉擇來看，新的罪惡感顯然更讓她不堪重負。

　　翠花在維穩的精神中等待肉體的消殞。她用剪刀戳破刺繡，她遙遠地觀看與傾聽管家變賣家產，她用歌聲和大煙催眠自己，她聞過多有關照的二管家戰死沙場，她蹲在樹林裏哭泣，皆是女人的怨悱不躁不驚地貫穿其間，她不會生氣。榮蘭對著腐朽生氣，對不爭氣的女學生生氣，對喜愛頹廢的本性生氣，對被異化成真正的女人的自己生氣。她的內心波瀾壯闊，精神自主的要求終能凌駕於性別之上，對於怎樣一種軌跡才對得起自己的主觀判斷的問題，她克服了對於女人固有脆弱的偏見，像一個真正的人一樣做出了自己的回答。而這樣的結局，也是片子裏烏托邦的最大化。

　　波伏娃說，"一個男人不會想到去寫一本男性在人類中佔據特殊位置的書。男人永遠不會一開始就自稱是某種性別的人：他就是男人，這是毫無疑問的。"於是這成爲了《第二性》的緣起。"有時候，我在抽象概念的討論中聽到男人對我說：'您這樣理解，因爲您是一個女人'，我感到很惱火，我知道，我唯一的捍衛方法就是這樣回答：'我這樣理解，因爲事實如此'，因爲這句話取消了我的主體性；而我卻不能這樣反駁：'您意見相反，因爲您是一個男人'。"

　　2001 年的電影《遊園驚夢》，於今已過去十餘年。這部在現在看來也具有超前性質的電影給現在提供了一種觀照，我不能斷言，在目前，在已然被風起雲湧的特定現象掃蕩過的很多國家，性別立場的頑固沒有任何起色。如果尚不能用完成式來論定，至少，它正在發生深刻的變化。

　　身爲男性的導演未必有這樣一種明晰的指向，要想從電影語言透析出思想，少不了將它折合成文字語言的步驟，而這必會濾去很多富有美感的混沌。敏感點因人而異，於是思想的闡釋註定是個人化的。古翠花和榮蘭，也許正觸動了我的一種敏感，使得在漫長的十餘年裏時間未曾有明顯的風化痕跡，如梭而至，心有戚戚。

翅 影 成 詩

我與書院

屠　雅

我愛書院。

一直以爲“愛”這個字是不能輕易被說出來的，它應當是心靈受到深深觸動之後由衷生發出的一種最爲質樸的情感，含不得半點雜質。我對書院的愛便是如此。

從遙遠的北國滿懷期待和欣喜地來到南方，來到地理書中描繪的地形平坦氣候適宜的南方，難免會有點失望，繼而產生對家鄉的深深懷戀。南方過於潮濕，雨是四季流轉中最爲固定的風景，空氣在這裡變得非常有觸感，彷彿一伸手便可捏出一把水來。令人甚是反感，一度想回家。

直到那一天我走進書院，毋庸置疑，是雨中的書院。書院的木門完全敞開，然而走進書院的人並不多，清冷的書院無疑最適合獨遊。書院的這道門，頗具陶潛筆下桃花源入口的感覺，門裏門外，是兩個世界。

這是秋天的書院，秋雨淅淅瀝瀝，濕了磚瓦，濕了青石板。撐傘走在青石板上，雖然沒有雨巷那種悠長寂寥的意象，但仍會覺得自己是丁香一般結著愁怨的姑娘。丁香與我的確是有緣分的，在上一年的花朝節抽花籤飲花酒的遊戲中，我抽的便是丁香，然後自飲三杯，以解愁怨。

　　也許是“昨夜雨疏風驟”，也許是雨期過長，書院的銀杏樹葉落了一地。銀杏葉鋪滿地，這種景色在北方也很常見，金燦燦的葉子，令人有躺上去小睡一會兒的衝動。然而在書院卻不行，葉子已被雨浸濕，顏色不再是金燦燦了，而是黯淡了許多，葉面像是從絲綢到棉布的轉變，質感增強了很多。在雨中走上由銀杏樹葉鋪就的路，聲音窸窸窣窣的，襯得書院更加靜了。在這種靜中，只有雨聲、腳步聲和自己很享受的呼吸聲，格外自在。

　　在書院憑感覺走著，迂迴宛轉中倒發現了一個好去處——明倫堂，本是用柵欄攔著外人的，但從入口處窺見的風景實在讓人難以拒絕，於是便用那種並不正當的方式進去了。心有餘悸，所幸這裡面並沒有什麼人，心情的波動很快便讓這裡幽靜的氣氛撫平。明倫堂二樓是一個看風景的好地方，抬眼便是一顆不知名字的年代久遠的樹，樹葉半綠半黃，當然，落在紅瓦和青石板上的葉子是黃透了的。極目遠眺，其實雨霧中，看的並不很遠，但卻可以隱約看見書院建築物參差的屋頂以及偶而顯露的白色的牆壁。

　　書院的木門是沉重的，要推開它有點小小的吃力，但是，推開門時"吱呀"一聲卻極爲悅耳，一瞬間讓我覺得自己就像是古時生活在深深庭院裏的姑娘，沒有閒事掛心頭，最是愜意。突然對書院產生了深深的歸屬感，彷彿這裡才是自己應該來並且生活的地方，在這裡閒庭信步，聽編鍾演奏出悠悠古音，看書院四時各異的風景。

後來又來了多次，記憶最深的莫過於那個難得的晴日午後，坐在書院明倫堂那裏一個看門人放的竹椅上，我與那個看門人聊起了天。他中年年紀，我很禮貌地叫他叔叔，也許他是一個人無聊慣了，突然見到有人來這裡，便饒有興致地講起了他的生活。他方言極重，很多話其實我都沒聽懂，邊聽邊猜測，也還能夠愉快交流。他說他在這裡生活了 17 年，平時也就是看看門掃掃地，種種菜養養魚，秋天時還會去摘書院成熟的柚子。他帶我看了他種的菜養的魚，還請我吃他摘的柚子，臉上滿是得意和知足。我就這樣羨慕起了這個大叔的生活，如果可以，我希望我也能在書院生活下去，種菜養魚摘柚子，與世無爭，恬淡安寧。

雨中的書院和晴時的書院，風景大不相同，但不同的風景，卻給我相同的歸屬感，也不會那麼想家了。也許書院就是這樣一個特殊的地方，可以讓人沉靜安定下來。

我願意做書院的隱者。

車廂裏沒有故事

周星璨

　　很多故事的發源地都在任何形式的列車上。

　　人們在列車上迸出的靈感，無非是來源於窗外之景，或是車廂內令人感動或憎惡的人和事。而我每次乘列車，要麼是和家人出行，要麼就是和朋友一路，三三兩兩，歡顏笑語，並未太關注這個小車廂上的人或事，所以讀來也沒有太多的共鳴。這次去廣州，來來去去兩趟高鐵，恰好和同伴分開了坐，自然思尋著想知道列車上如何來的那麼多的故事。

　　是下午 5 點上了車，車上的人不多，本想趁著天還亮時看看窗外風景，但一路上都是田地和矮山，是南方很典型的樣子，像一幅幅中規中矩擺放著的縮略圖。縮略圖上空掛著一輪落日，中間閃著光，四周暈染開橘色，像一個圓潤的大柳丁。慢慢地看著"大柳丁"越來越紅，紅的要熟透了，便愈發覺得又餓又渴，只得將目光收了回來。

　　過了不久便到了中間站，陸陸續續的有乘客上了車，車廂內也開始滿當了起來。這時候腦子裏突然蹦出東野圭吾的一篇《積鬱電車》，他筆下的列車是我讀過的最沉鬱的一輛，也自然在潛意識裏停放了下來──列車的氣味是臭不可聞的濃鬱蒜味，車上的乘客充滿戾氣卻故作謙和，整個車廂成了社會的放映機，將人性的自私、貪婪、蠻橫、無恥剪輯到了一起，有如地獄。不好的記憶讓吐氣都不順暢起來，只得一心期待著我的鄰座可以足夠友善。

　　不可避免的是，人一旦有了假定的目標，便開始給眼前走來的人貼上各式的標籤──我不希望是這位穿著皮夾克、手指泛黃的大叔，因為他身上一定會有一股濃鬱的煙味；跟在大人身後的小男孩呢？他應該會足夠鬧騰吧。而當時讓我竊喜的是他們分別坐在了我的一前一後，坐到我旁邊的是一位看上去五十來歲的阿姨。一身休閒裝，一個運動背包，脖子上規整的繫著一條棕黃色的絲巾，隨手把裝著水的紙杯放在了小桌子上。這種年紀是最沈穩的，也就意味著我可以安靜的做自己的事。又重新望向窗外，這時候落日的光芒逐漸隱去了，更像孩子偷來一隻橘色啞光口紅畫上一個圓圈，然後重重地一次又一次把顏色填上。稍移視線，從反光的窗戶上看到旁邊阿姨偏著頭看著窗外，很是專注，便把擋光簾稍稍往上提了一些，又回過頭來玩手機。似乎人類的皮膚就自帶一種隔絕功能，把人多變的表情在陌生人面前都通通封閉起來，呈現在外的只有一張僵硬且冷淡的臉，隨之而來的氣氛外表是安靜，而內裏是尷尬的。

　　晚上 7 點，半點落日的影子都不見了，窗外都是一片深深淺淺的黑色，亮著的只是幾塊方形的廣告牌。我仍在手機上看著電視劇，瞥見了阿姨突然起身，轉身的時候衣擺卻不小心拂到了紙杯，我還沒來得及去接，杯裏的水就全部傾了出來，順流到了她的衣服上。當我慌慌張張的在包裏亂翻著找紙時，她卻先彎下腰把我溜到地上的手機撿給我，邊清理邊說：「小姑娘，快看看你手機還是好的不，我知道這是你們年輕人的寶。」我不好意思的點點頭說沒事，她又接著說：「我女兒和你挺像的，在生人面前就害羞，她在廣州讀大學，也不常回來，我這幾天就去看看她。」我告訴她我是去廣州玩後，她便開始同我聊了起來，先是跟我細數著她女兒愛去的商業圈，接著又開始叮囑各種安全問題，「你們這年紀的女生單獨出去玩可是最不讓家人放心的，晚上太晚了就別出門了，在車上就把背包背前面……」我一一記下，雖然這和家人叮囑我的也是大同小異，但耳朵裏竟突然鑽進了一句話，是從未有人叮囑過我的，也是最讓人安心一句：「雖然防備心是要有的，但別被那些電視上、報紙上那些不好的報導嚇到了，一般人都不缺善心，別讓防備心成了你交流的障礙。」

　　那些恐怖的報導是不錯的，它給人警示，卻也讓人們的安全感慢慢降到了水準線。的確，給人類帶來最大痛苦的是人，但別忘了，給人類帶來最大快樂的，也是人。我們從小便受到那麼多的安全教育，一次一次的把防備的城牆加固，直到那些來自別人的好意與微笑全都被隔絕在了冰冷與懷疑的面孔外。也因為防備心，我差點把整個車廂的人都懷以最大的惡意去揣測，有人說這是"被害妄想症"。其實車廂裏哪有那麼積鬱和恐怖呢，只是人心被防備的城牆保護得太脆弱且嬌嫩了。

　　列車停了，坐我前面穿著皮夾克的大叔並沒有抽上一根煙，而是慢慢地把一直在看的書收了進去；坐我後面的小男孩也不哭不鬧，小手正揉著惺忪睡眼。大家都要下車了，為了遇見新的陌生人，新的友善的陌生人。

濟南交流記

沈斯友

　　心底藏著許多秘密，有的不可說，有的不必說，就這樣我來到了濟南——一個陌生的城市。在這裡，我將度過我的大三，還有我希望渡過的某些東西，寫此文記錄我在濟南的點點滴滴，以供回憶。

開學恐懼症

　　開學總是恐懼的，對於我來說，從幼兒園開始，到現在的大學，都不例外。我曾經思考過為什麼害怕開學，不是因為堆積如山的課本和浩如海洋的作業，不是因為害怕犯錯被老師責罵和站著聽課的尷尬，不是不想要與同桌分享零食和八卦……思索了許久，我想可能是不想離開家和家的溫暖與自在。原本我以為這只是我不想動腦子的草率猜測，卻不想它就是答案。

　　"媽媽，今天就 4 號了！後天我就要去山東了！"

說這話的時候，我心裏是想聽媽媽的不捨和叮嚀，滿心期待，終成泡影。

“要的咯！細崽！”平平淡淡的語氣，臉上毫無表情。當時我覺得心裏酸酸的，胸口堵了什麼，噘起嘴，突然想起申請交流的時候我的毅然決然和媽媽的猶豫，或許媽媽是在告訴我自己做的決定就不要退縮。

從小在長沙長大，高考後填報志願，五個志願全填的省內高校，因爲，我不想離家太遠。我離不開家，離不開家人，我認爲。我不是一個嬌嬌小姐，我有很強的獨立生活的能力，我只是需要一份強烈的安全感，一個永恆的觸手可及的港灣而已。於是，你會問我爲何選擇交換來山大。我會告訴你，我呆膩了。膩了長沙，膩了湖大，膩了我周圍的一切人和事，膩了我自己。有時候，我懷疑是長沙的雨讓我的心裏變得憂鬱，像是所有烏雲都飄進了我的心，大雨滂沱，稀釋了我的血液，我的激情。忽然，有一個可能可以呼吸的出口，我想像著清新的空氣和全新的生活，我決定了，我要去那兒，不管是哪兒，我要離開，即便是家。

“機票買好了嗎？行李收拾好了嗎？”爸爸詢問著。

“買好了！還沒有收拾行李。”我不耐煩地回答。不想要去上學，不要想要去濟南，那個離我家 1008.6 公里的地方。當時的堅定不移，彷彿到了開學前兩天就消失殆盡，箭在弦上，無可奈何。其實我心底明白，我一點兒都不後悔，只是有點兒忐忑和不捨。

　　2015 年 9 月 6 號上午 7 點零 3 分，我已經過了安檢，在候機了。那天全家五點半就起床了，我睜開眼，不記得夜裏是否做夢，沒時間回想便被媽媽催促著洗漱了。爸爸和媽媽、姐姐和姐夫，還有我和行李，一同離開了家。出發去機場的路上，天本來還有些發暗，但轉瞬便明亮了起來，畢竟夏天的魂還在。我呆呆地望向窗外，平日裏熱鬧的車裏今天大家都默不作聲。

　　三十分鐘後，"到啦！下車吧！拿登機牌去。"爸爸邊停車邊說，那旁姐夫也停好了車。我本以爲領完登機牌還有時間和他們好好道別，挨個來個擁抱，可是時間向來不等人。領完登機牌，媽媽就催促著我去安檢了，暈乎乎的我過了安檢才發現還沒有跟他們好好道別呢！我望向媽媽，媽媽也在用目光尋找著我，但是她並沒有找到，我揮舞著手，說了聲 "再見！" 便頭也不回地走了。

　　我是一個感情細膩的人，會因爲電視劇中的虛擬故事而失聲痛哭，會因爲看到本應該安享晚年的和我奶奶年紀一般大的拾荒者而悲傷，會因爲姐姐離開家去念書而感到深深孤獨，但是，這次我的心態居然異常平靜。即使我遺憾著沒能和家人好好道別，即使我獨自一人去陌生城市，我依然是期待的，欣喜的。原來人一旦堅定了自己的選擇，膽怯、忐忑之類就全都拋諸腦後。濟南，我來了。

米飯與饅頭

　　飛機都是逆風起航的，大家卻都祝福我一路順風，這不失爲一種溫暖的錯誤。

　　兩個小時的航行時間很快，我到了濟南。跟家人報平安後，我上了一輛出租車，司機是一個山東漢子，看上去樸實、可靠，言語中透露出北方人獨有的“大地氣息”，姑且稱得上爽快吧！他沒有辜負我對他的信任，沒有繞路的把我安全送到了目的地。

　　天空真的很藍，師傅說濟南前幾天還在下雨，今天天才放晴。我拖著行李箱佇立在了山東大學校門外，一個深呼吸，明白自己又要再當一次新生，任重道遠。偶遇了兩個湖大工管院來交流的女生，生活往往才是最佳劇本，誰能想到她們就是我未來一年的室友呢。

　　寢室在六樓，我拖著行李很費力，一階一階爬了上去。寢室樓新粉刷了一遍，這裡原來一定住著大四的學長，他們大學四年歲月在牆上染上痕跡，畢業了，痕跡就消逝了。想了想，我也快畢業了……流年似水，莫負青春。

　　據說室友是你在大學期間相處時間最長的人，毫無疑問也就是最親密的了。這兒是六人寢，都是從其他學校來交流的，除了湖大工管院的豆豆和阿代，還有湖大化工倩倩、哈工大的小公主和東北大學的一個小學妹。阿代是重慶人，其他人都是北方人，於是“南北陣營”

就出來了，2:4，南方人比重小。生活上有些差異，但是總的來說，我的室友們非常可愛。

北方大面積種植小麥，喜麵食，饅頭就著小菜，透著一股勁兒；南方雨水充足，種水稻，米飯是南方人正餐不可或缺的，南方人的性格像大米一樣細膩、軟糯。在山大食堂，這個亞洲高校食堂排行榜第二的食堂，負一樓到四樓，五層全是吃的，名副其實啊！作爲吃貨，一星期，我就粗略掃蕩了整個食堂，品種紛繁複雜，可是口味在我看來大致就一種——香甜。我的心情是複雜而又失落的，我的味蕾二十年只接受了湘菜的香辣，可這魯地的香甜，初嘗新奇可口，再嘗只覺甜膩，又嘗之食不下嚥。再說饅頭，一次下課晚，米飯已經售罄，只剩下饅頭，我才發現北方作爲主食的饅頭與南方類似點心的饅頭有著天壤之別。在我的印象裏，饅頭鬆軟香甜，像似緊致些的蛋糕；才發現原來北方的饅頭很緊實，甚至有些硬，入口乾澀，沒有滿嘴香甜，只有在你細細咀嚼之後才有麵的甜味兒。北方人樸實淳厚大概就是這饅頭養育出來的，他們不會給你撲面而來的感受，但是在交往之中你就會發現他們的植根於心的品格。生於長於魚米之鄉，我是不可能捨棄米飯而愛上饅頭的，於是吃飯成爲了我亟待解決的大問題了。

濟南氣候乾燥，特別是在入秋以後，幾乎不下雨，下雨也就雨點兒急來，過會兒地面就幹了。忽的想到了長沙，那個下雨可以下一整個月的地方，空氣濕潤得能擠出水來。忽然想起志遠老師在課上提到過張愛玲《小團圓》裏的一句"雨聲潺潺，像是住在溪邊，寧願天天下雨，以爲你是因爲下雨不來"，這句話在我初讀《小團圓》的時候也留下了深刻的印象，心想是一個怎樣癡情的女子，才能夠自欺欺人地爲著不會來的人找藉口。不知爲何，人們眼中的雨總帶著點感傷，也許是因爲形狀像眼淚，也許只是因爲當時的心情。突然開始想念起長沙的雨了，每個人都打著把傘，有時候我會把手伸出傘外，雨水滴到掌心，冰冷有力，彷彿感受到了自然的情緒，十分有趣。

"有朋自遠方來，不亦說乎！"山東曲阜是孔子之鄉，因此山東人民特別崇敬孔夫子，而他們把"老師"這個職業稱呼擴大成了對人的尊稱，無論男女老幼，都有可能被人稱爲老師。這個有趣的事情是我的山大同學跟我說的，他們不會覺得你叫爺爺奶奶，叔叔阿姨有多麼尊敬他們，但是如果你叫一聲老師，他們便會十分欣喜。有一次，在公交車上，我就聽到了小夥子叫司機"老師"，當時有點兒錯愕和不習慣，現在我也學會了叫一聲"老師"。真是一地有一地之風俗，入鄉隨俗也是非常重要的。

米飯與饅頭，南方與北方，我在一步一步適應著濟南的生活，用心感受著濟南的溫度。

平地湧出白玉壺

濟南，一個受到大自然饋贈的地方，以泉水聞名天下，被稱爲泉城，大大小小的泉眼分佈在城市的各個地方，不知怎的，總覺得泉水爲濟南增加了一抹靜謐和一種自然之趣，於是濟南人多了一份快樂。

週末，我和室友們就相約去觀賞天下第一泉——趵突泉。公園裏遊客仍是熙熙攘攘，在未見到趵突泉時，就看到了許多小泉，泉水清澈，落葉如舟漂在水面上，密密麻麻的泉眼在咕嚕咕嚕冒著泡，起初沒反應過來的我們還以爲水下面定是有許多小生物在呼吸，驀地想起這就是泉眼啊！恍然大悟之後，就開始笑自己的遲鈍。

"前面肯定就是趵突泉了！"阿代說，因爲那兒遊客簇擁著，環繞著什麼。走近一看，果然是趵突泉。三個泉眼汨汨而流，形成三柱泉水，水花泛白，水面漣漪陣陣，刻有"趵突泉"三個字的石碑就立在旁邊，往來人聲鼎沸，但也能聽到泉水的聲響。想起曾讀到趙孟頫的"雲霧蒸潤華不注，波濤聲震大明湖"，說是趵突泉的水聲在大明湖都能聽到，這或許是誇張了，但我想當年的趵突泉一定比現在要氣勢宏大，磅礴壯麗。如今，北方缺水嚴重，地下水的過度開採使得水位不斷下降，眼看著趵突泉一點兒一點兒萎縮，怕只怕以後這天下第一泉就不復存在了。

逛完趵突泉，我們去了大明湖。在我的印象裏，大明湖的名聲應當是瓊瑤阿姨的"皇上，您還記得當年大明湖畔的夏雨荷嗎？"造出去的。大明湖遊客也挺多，除了當地人，我想可能每一個來大明湖的人的內心都懷揣著一個雨荷夢吧！至少我有。《還珠格格》在湖南衛視播放的這十幾年來，每次看到都覺得是童年夏天的一段記憶。我們泛舟湖上，欣賞著大明湖的美景，陽光灑在湖面上像星子，微風吹起我們的頭髮，也吹動我們的心。"讓我們紅塵作伴，活的瀟瀟灑灑……"我們一起高唱，一起大笑，我忽然覺得內心豁然開朗，青春就應當如此！我們必然會有少年維特式煩惱種種，但我們更應乘著風，迎著雨，去感受煩惱給我們帶來的力量，淋漓盡致地宣洩，大膽勇敢地尋找自己的人生之路，何必拘泥於一些無謂的憂愁和傷感，庸人自擾是多麼可笑啊！

天已經漸漸暗了下來，華燈初上。我們又來到了濟南老街——芙蓉街，因街上有芙蓉泉而得名。整條街上熱鬧非凡，小巷子裏擠滿了人，南北各色小吃玲琅滿目，北方的爆肚、炒優酪乳、油旋、冰糖葫蘆、肉夾饃，南方的臭豆腐、生煎包、章魚小丸子等等，看得饞到不行。街上還有一些賣手工藝品的小店，帶著各自的特色，有陶瓷，有布藝，有木雕，看得我們眼花繚亂。我想如果是白天來，一個沒有很多人的時間，這條老街應當是非常有韻味的，沒有喧囂和匆忙，漫步走過這條芙蓉街，品味時間在這條街上的沉澱，逛幾個有格調的店子，聽裏面的濟南人說自己的故事，一種安靜的美好。世界上的事物恐怕都是有幾面的，能夠接受紅薔薇的熱情，能夠包容白鶴芋的安靜，融會貫通，相輔相成。

濟南，濟水之南，她的美麗與水密不可分。但是濟南的風景遠不止這些，她還有千佛山的佛像，紅葉穀的滿山紅葉，五龍潭的錦鯉……最重要的是：風景很美，而此時你正好有空。

濟南的冬天

　　對於一個在長沙住慣的人，像我，冬天要是不颳風，便覺得是奇跡；濟南的冬天是沒有風聲的。

　　老舍先生說濟南的冬天是溫晴的，沒有風聲呼嘯，有的只是冬日裏的暖陽。這種感受我是真真切切地體會到了。長沙的冬天寒風凜冽，還伴隨著雨水，潮濕陰冷，於是乎你覺得凍到骨髓，一出門，如刀般銳利的風開始肆虐，凍得人直打哆嗦。但是在濟南，屋內窗戶沒有被風逼壓得直響，戶外也只偶而看到掉光了的枯枝椏擺動幾下，人在外面最多感受到的是微風拂面，如果穿得不夠暖還是會有一絲涼意的。濟南的冬陽好美，在一排排楊樹上懸著，它不似夏天烈日炎炎，讓人覺得悶熱難耐，而是溫柔地灑在人的身上，爲人添上一層暖意。

　　11 月 24 日，濟南下了今年的第一場雪。初雪給所有人都帶來了歡樂，特別是很少見到雪的南方人。阿代那天一起床看到雪，眼裏全是驚喜，她說這是她二十年以來第一次見到雪。我覺得我還挺幸運的，因爲長沙的冬天曾經也有過銀裝素裹的時候。我是小寒出生的，我媽說我出生之後下了一場特別大的雪，所以我對於雪有種莫名的好感。上小學的時候，一次長沙下大雪，下課同學們就在操場打雪仗，手凍得通紅，衣服都濕了還不肯罷休，老師勸止和我們的不亦樂乎成了小學冬天最快樂的記憶。

　　零下六度的濟南，雪還不大，正好是“撒鹽空中差可擬"的程度，雪仍是一粒一粒的，不似雪花那麼大，在長沙話中叫它雪子。北方人十分奇怪南方人下雪天為何要打傘，其實在南方一般都是雨夾雪，因為氣溫並沒有足夠低，而在北方，雪是純粹的。雪越來越大，開始呈現出六角形了。一直以來，我都以為六角形的雪花是人們童話般美好想像所賦予雪的形狀，卻不知道這就是大自然創造的美麗。雪花漫天飛舞，忽而落到你的衣袖上，你就看到一個個潔白的六角形晶體。從寢室走到教室，衣服上就積了一層薄薄的雪，進入教學樓後輕輕拍掉，就什麼都沒留下了。

在北方，下雪與暖氣更配。有人說其實北方比南方更好過冬。以前我覺得這句話就是瞎說，直到北方開始供暖。無論外邊氣溫有多低，室內總是溫暖的，有時候還會覺得有點兒熱。雖然南方室內有空調，但總覺得特別乾燥，是一種不舒適的溫暖，而北方的暖氣是靠管道內的熱水帶動熱量傳遞，提高溫度，有點兒原始，但很舒服。想起在長沙，冬天經常凍到手腳冰涼，連字都寫不好，在濟南從來不會發生。

濟南的雪停了，暖陽又重新升起，雪霽天空永遠是湛藍的，沒有雲，沒有霾。

濟南故事還在繼續，我在這兒還要過一個春夏。終於明白沒有家人的地方就是遠方，我在濟南，思念著我的家。不過，寒假馬上就要到了，第一次這麼期盼著寒假，期待著過年，想要見所有的親友，和他們說說北方，說說濟南。

驚夢，憶廬山

遲　銘

從床上驚醒。

迷糊的看著眼前漆黑的宿舍，"幾點了"我想，從床邊的掛籃中摸索到手機，半眯著眼睛以減輕手機高亮帶來的痛感，"8.40"，還好。把被子又捂嚴實了點，耳邊有室友輕微的鼾聲，因爲宿舍在陰面，即使快九點，宿舍也是漆黑一片，更何況在長沙的冬天哪裏有太陽可言，笑了笑，想起剛剛做的夢，或許是剛看完那部很像紅牛敢死隊出演的電影《極盜者》的後遺症，夢見自己墜崖了，萬丈深淵，但不是落地才驚醒的，是在空中墜落了許久而望不見底而驚醒的。

我直愣愣的盯著牆壁，這是多少次在夢中驚醒而又想到那個自己不想問的問題，死亡。每當想起，都會心生一股寒氣，這也是今早不想在多睡一會的重要原因。死亡，太可怕了，我不知道普希金怎麼會說出"每當我想到死亡我就感到甜蜜"，這位偉大的俄國作家怕是瘋了吧？不是說一個人從小生長的氣候會影響他畢生的性格麼，俄國，或許沒比長沙好到哪去。第一次近距離感受到死是在什麼時候呢，我想。

那時候還小，大概是小學一二年級的一個暑假，正在猛趕暑假作業的時候接到了爸爸的電話，爸爸告訴我，"姥姥去世了"，我仔細的想回憶起年幼的自己聽到這句話到底說了什麼，可下一秒記憶的是自己站在姥姥的靈堂外哭的不成人樣，可是另一面又清晰的記得，自己不是因為悲傷才在哭泣，是因為媽媽看到自己傻傻的什麼都不懂的站在靈堂外，過來對自己說，"姥姥去世了"，我呆呆的望著媽媽，我還是不懂，媽媽蹲下來，我看著她浮腫的眼睛，"你以後再也見不到姥姥了，再也不能跟姥姥一起玩了，也不會惹姥姥生氣了，姥姥走了，去另一個世界了。"當時怎麼就不知道哪裏感到了不開心，是的，小時候對於自己沒有什麼悲傷可言，小孩子只會為不開心的事情哭泣，可是大人總是想要你理解你當時不能去理解的那份沉重，我哭了。

當時我並不知道為什麼，現在也一樣。

或許是像江南在書裏寫的，"什麼是死？是終點，是永訣，是不可挽回，是再也握不到的手、感受不到的溫度，再也說不出口的對不起"。

想起十一的時候，我一個人去了廬山，每到這時我就覺得大學認識的很多可並不等同於朋友，姑且就一個人自己去了，也覺得安心。去之前訂旅館的時候，一個去過廬山的朋友告訴我家庭旅館挺不錯的，我找到了一家，謊稱自己有兩個人，因為一個人的話家庭旅館不接待。至於到達那裏房東問怎麼只有一個人，我也只有滿懷歉意的說我的朋友放了我的鴿子。

上盧山的山路用異常崎嶇也不為過，開車的司機大叔告訴我們總共有 396 個彎道，真是形而上。司機大叔有 40 多歲的樣子，已經在這條路上跑了有 10 幾年了，看著他開車時略微前傾的身體，緊握方向盤的手，可以想像出他認真的眼神。在左右風景來回變換之際，意外的安心。我唯有僅僅抓住把手才能保持平衡，396 道彎，一條長長的人生軌跡。

旅館老闆我一直叫她梁阿姨，現在回想起來，那三天的確受了她很多照顧。雖然稱之為梁阿姨，但其實已經是快 70 歲的奶奶了，但是那天初見之時，我只覺這是一個僅有 50 出頭的老年人，聲音洪亮，身體倍棒，我在結束第一天的行程回來趴倒在床上的像阿姨抱怨今天走了一天快要累哭的時候，阿姨說你今天走的行程我平時閒的沒事就走上一遭，我不由的感慨阿姨你身體真好，阿姨報以爽朗的笑聲。即使現在回想，我也覺得這是這是一位僅有 50 左右的精神頭超出同齡人的奶奶級人物。或許是大家都叫阿姨，使得她彷彿從時間之神手中多偷出了一段時光，我這樣想著的同時也不禁感慨盧山真的是一塊寶地。

當一天的行程結束後，我都會和梁阿姨隨便聊一聊。阿姨喜歡講過去在她這裡住過的人的故事。在剛來的時候，阿姨給我講一個河南的小夥子幾乎每年都會來這裡，而且次次都會住在這，說特別喜歡這裡，有家的感覺。一開始我只是對阿姨報以微笑，我覺得這只是阿姨的一種自我營銷，然而一次偶然間聽到阿姨電話裏傳來的帶河南口音的問候。晚上睡覺時看著窗外淡淡的月光，被子床單卻很舒適，沒有一點潮濕的感覺。阿姨的房子裏有一張木質桌子，斑駁的桌面上的玻璃下面放著一張七個男生和阿姨的合照，阿姨告訴我這是當初有 7 個學生來這，走的時候一定要和阿姨一起合照，這張照片後面洗出來就寄了回來，上面的笑容，是真誠的。我就明白了，這些都是阿姨用心換來的。

　　盧山很美，漫步在山間，看著淡淡的日光從樹縫中悄悄的擠出來，我就覺得我還在這個世界上。盧山上有一個景點，是漫長的山中小路，開鑿出來的石階缺乏層次的美感，每一腳的高低起伏像是在波浪中起伏的小艇，而被山石林木所阻擋的眼前，每一刻都會是意外。小路有很多支流，雖然每條支流最終都會融入主流，但支流間的交錯，你永遠不知道你走上了那條路。我現在閉上眼睛，還會看到在一個供人休息的涼亭下，一個背著藍色書包的短髮女生坐在那裏，看著前方的山脊，陽光從她身上掠過，混雜著泥土味的空氣，行人手中相機的快門聲，涼亭上悄悄落下的樹葉，遠處即將被驅散的淡薄的霧氣。

　　這是我第二次遇到她，莫迪亞諾在《地平線》裏寫到，“如果你連續遇到一個人兩次，不去搭訕就是你的損失。”可我還是離開了，我記著我曾發了一條朋友圈，下面的評論是"如果你上去搭訕回來我就請你吃飯"這樣一想我的確有所損失。可是，那短短十幾秒的映射，如果說有，也只是稍許的遺憾。

阿月經常說我在某種事情上絕對的固執，如果阿月在這裡，他一定會上去搭訕的，在他看來，這可是難得緣分。可是我從來不覺得有什麼事物是"完美"，這樣留下一點空缺，才是最好的。

讓我們記憶最深的從來不是最快樂的畫面，而是遺憾。

盧山有充分利用山勢帶來的落差，有一處水力發電站。在發電站的上方不遠處，有一坐懸索橋，記憶中的長度約有 50 米。過橋的時候，聽著橋下水流刷過的聲音，卻突然聽到了外國口音，三個酷似俄羅斯人的外國遊客站在橋邊，他們就像那些被激流沖刷過的岩石一般，其中一個飛快的說著什麼然後突然往橋下吐了一口痰，不知道爲什麼，我突然就笑了，有一種如釋重負的感覺，彷彿原本扭曲的身體舒展開來。或許那一刻的我覺得，世界上的所有人，其實都是一樣的吧。

中午阿姨做的飯，我根本沒有客氣，與其在外面嘗所謂的特色，阿姨親手做的，才是吧。

阿姨在屋子裏養了兩隻烏骨雞，全身黑駿駿的，看起來異常的駭人，聽說和我同住的兩個女生被嚇的夠嗆，平時兩隻雞還會在屋子裏走走，因爲客人害怕，阿姨就將它們鎖在了廚房裏面，想一想也是挺可憐的。第二天晚上轉完回來的時候，阿姨跟我說這麼晚了自家的雞還沒回來，我就愣住了，原來雞也認家啊，同人一樣。稍微晚點時候，我聽到外面有翅膀撲騰的聲音，我告訴阿姨外面有動靜估摸著應該是雞回來了，阿姨邊說著我什麼都沒聽到啊邊打開了們，兩隻雞站在蹲在樓梯扶手上，瞪著眼睛看著我和阿姨。樓道裏很黑，配上黑色的羽毛，兩隻雞就像死神的寵物一般靜靜的立在那裏，正我正在胡思亂想雞是不是也通靈而且它們還全身黑色的時候，阿姨伸手抓住了雞脖子直接拎回來屋子，跟小貓小狗沒什麼區別。

那天晚上我坐在阿姨旁邊看她打在電腦上打鬥地主，另外兩個女生依舊在房間裏不出來。可惜手牌總不是太好，輸的比較多，阿姨點了一支煙，抽了幾口突然間猛的咳嗽起來，我趕緊給阿姨倒了一杯水，阿姨笑著說上了年紀沒辦法了啊，恍然間我看著眼前頭髮早已泛著銀光，電腦的光亮使得眼角的皺紋更加明顯，略微沉重的呼吸聲，我才反應過來，這已經是一個半隻腳邁進黃土的老人。杯中的熱氣與香煙的氣體相互交融在一起緩緩上陞，突然間好希望是自己開著兩個不同號在跟阿姨打牌，這樣阿姨就可以一直贏了。

其實像我這樣獨自一人來住的，阿姨應該也很少見吧。我走的那天，阿姨的房間就注滿了，來的都是一家子人，關上房門就是自己的世界。阿姨一個人在客廳裏，像一個被遺忘的靈魂，像獨自離去的我。

老 司 機

馮倩瑤

大學生活，轉瞬即逝，寒來暑往，我也按部就班走了三年了。

我不會開車，也不懂什麼套路，大概永遠都做不了一個老司機，但是我的大學卻與車有著千絲萬縷的聯繫。在長沙的公交上，在教練的車上，在臺中的客運上，我都有著難以忘記的心緒，那些經歷給我一種很相同又很奇異的感覺，它們讓我覺得我的人生是一個整體，儘管我在或快或慢地長大，我對周遭事物的感官卻沒有斷裂。車在顛簸，風有點涼，我靠在車窗上胡思亂想。我的生命沒有一模一樣的兩個時刻，但是這些微小的感覺，總以這樣或者那樣的方式銘刻在我的童年，青春甚至生命裏。

我很珍惜每件事情在心頭留下的感覺、氣息和觸覺。這一切心理上的準備，都是為了能夠獨自邁向無情的成人世界做的一場漫長的助跑，我想。

一

　　猶記得剛來大學時，和沈斯友一起坐公交回家。週五下課後，我們欣喜地拎著大包小包去搭車。從嶽麓區到星沙要轉一趟車，在中轉車站下車後，天已經黑了。

　　那個中轉的車站是個小站，經過的車很少。望穿秋水後終於駛來一輛公交，沈斯友衝到馬路邊向它招手，我們一齊往車上衝。可是當我們已經一隻腳跨進了車門，司機卻說，人太多了，等下一輛吧。我們只好又掉頭，踩進雨和冷漠交織的黑夜中。

　　過了一會兒，等到一輛 704，依稀記得它是往家的那個方向去的，想著反正靠近家就好，雖然不熟悉這條線路，但是到了星沙就會知道怎麼回家了。上車之後人還是很多，我站在車上搖搖晃晃，沈斯友說，你站不穩是因為重心不穩，重心要放低一點，像紮馬步一樣。直到現在，我還沒有體悟明白，仍舊隨著公交一起搖擺，但是每當我站在公交上東倒西歪的時候，就會想起這句話。

　　後來這輛公交開到了汽車西站，完全和家是相反的方向，我們對著陌生遙遠的終點站傻了眼。那時候我們還不會用手機支付，我身無分文，她揣著七十塊，攔了一輛的士。整個車程我都很緊張，擔心路程太遠，七十塊無法帶我們回家，害怕司機發現我們車費不夠把我們丟在路上走了，一直盯著計價表祈禱。那個晚上我們穿越了大半個長沙，最後終於幸運地平安到家。

　　我的人生，好像總是充滿著局促不安的時刻。那時候剛從高中畢業，沒有父母的庇護，好像什麼事情很難做好。這幾年裏，我抓住很多機會來鍛鍊自己，實習，和成人世界打交道，磨合著自己的交際能力，可是在和社會的接觸中，卻總因為自己的稚嫩，把事情想得太難，給自己和周圍的人都很大的壓力。我要強，不知道處理工作卻無人詢問，想要努力融入成人交際圈卻顯得拘謹，用最好的態度面對卻對自己的成果並不滿意。我常常問自己，這件事情，別人會怎麼去做呢？又或是，我在做的這些努力，對我的人生到底有幫助嗎？好像每一次實習，都會讓我成長一點點，可是下一次，我又會遇到更多的不知道處理的問題，讓我失落，惶恐。

　　一次，我在長沙博物館實習，忙完已經八點了，手頭還有一堆很急又難處理的事情。我餓著肚子在公交車上給設計師打電話溝通，車子晃來晃去，我心裏亂作一團，頭暈目眩。恍恍惚惚間，想起《倚天屠龍記》裏張三豐給張無忌教太極劍法，演了一遍之後問張無忌忘掉沒有，張無忌說忘了一大半了。張三豐又演了一遍，竟和之前的全然不一樣，問張無忌忘了多少，張無忌說只記得三招了。再教一遍後，張無忌說，師傅，我全都忘記了。張三豐很高興，告訴他可以和對手過招了。那時，我還不太懂這層道理。

　　後來實習期間的展覽工作完成，一切都還算順利，我大大鬆了一口氣，回想起這一切，自己雖然經驗不足又謹小慎微，卻也獨立做成了很多事情。原來微小又偉大的成就與點滴的努力，這一切都是連貫的。融會貫通，無敵無極，張三豐的太極理念，似乎也懂了一點。

二

　　大二上學期，我度過了一段很糟糕的時間，疲倦的心態、低落的情緒，什麼都不想學，什麼都不想做，對任何事情都提不起興趣。陷入惡性循環中，永無止境。

　　印象很深刻的是那時候練車。冬天的早晨，很冷，九點有課，我六點半起床，坐公交，轉一趟摩的，七點到駕校，練習幾把倒車入庫，趕公車迴學校上課。

　　第一次沒考過，掛了科目二。

　　那時候我不久就要去臺灣了，只得加緊練習，每天都跑到駕校練車，有時候甚至翹課。給教練送禮，他說，你給我兩千，可以幫你做手腳讓你一定過，但是你不要說出去。我沒有給他這個錢。第二次模擬考，我們被要求五點半過去集合。前一晚是聖誕節，我和朋友逛街到凌晨回來，第二天設了鬧鐘實在沒醒過來，教練打電話給我問我怎麼還不到指定地點集合。我嚇的要死，說自己馬上就過來。五分鐘洗臉刷牙穿衣服，衝出宿舍攔下一部摩的就走。不想路面有水，輪子打滑，司機一個轉彎把我們倆都摔在地上。我背部砸在地上，手肘著地，裹紅色的大衣被磨破一個大洞。路人都看著我們倆，嘻嘻地笑。我又惱又無措，不知道怎麼維護自己的權利，困窘之下要司機退我這六塊車費，他說退什麼退，我還要去修車，你快下去。

那一刻天還朦朦亮，我恨透了這個地方。我恨不得馬上離開，去臺灣，我什麼都不想管了。

我返回去坐上另一輛摩的，他們都看著我摔倒，嘴角還掛著笑，衝我喊：上車不，就走。

從我起床到到達指定地點，我只用了十七分鐘，這其中還包含了我人生第一次車禍。然而待我到達那裏，街道空無一人，我打電話給教練，他說他們已經走了，不可能等我一個人。我站在立交橋下半天反應不過來。他說要我打的過來，我說在哪裏，他說你給電話給司機，我跟司機說。

我攔下的士，把電話給他。司機很認真地聽教練說地址，還用自己的手機開了導航，結果半個小時後，還是找不到考場，我們又轉回了原地。我只好下車再攔下另一輛的士，司機總算是明白了考試點在哪裏。我在這個陌生人的車上忍不住哭了起來，他說，小姑娘，這算什麼事呢，駕校都是這樣，不要哭啦。

那一刻我真的好恨自己。

模擬考完，第二天考試。我還清楚地記得，自己坐在考場等叫號，足足等了三個小時，水都不敢喝，緊張程度堪比高考，我也不知道區區一個駕照考試，怎麼會讓我變得這樣。

考試的時候，我很小心，也很有把握。但是我還是再一次掛了科目二。那時候我就想，結束了，這一切都結束了。不管結果怎樣，我終於要走了。

　　我的人生，經歷過許多陰鬱的時刻，然而考科目二的經歷卻是我念念難忘，在很長一段時間裏，想起來仍舊心頭籠罩一層灰暗的。我知道這些都不算什麼，這就是社會，也知道以後我還會遇到比這大得多的困難和挫折，可是那時的我還是無法太堅強。

　　所有人關心的都是，這是一件微不足道小事，卻沒有人看到我是如何經歷這些心路歷程。那時候我深信，我需要這樣一個改變。它可以調整我的一切，它可以帶我飛向另一個人生，它可以讓我重新燃起期待和渴望。

　　大多數東方人的臉在不笑的時候是很醜很可怕的。我很喜歡一個人坐公交。坐在後座，大家誰都不認識誰，不用說話不用笑，可以用最冷漠最無情的臉龐面對一切，它就好像我的一層保護膜，把我隔離出這個世界，隔離掉痛苦卻不得不強顏歡笑，厭惡卻不得不諂媚的世界。

　　公交車的馬達發出轟隆隆的響聲，窗外薄薄的白色霧霾讓我變得恍惚，我想起村上春樹的《世界盡頭與冷酷仙境》。而此刻的我，又在哪裏呢。

　　後來我去了臺灣，有的時候會很想家，但一個人在外面的自由和快樂總會讓我忘記自己是身在異鄉。臺北只有霓虹燈，而我終歸只是那裏短暫的過客。臺北不需要我，我也不需要任何人。

三

　　在臺中的客運上，我和學姐靠在最後一排的座位上看著窗外的景色。臺中交通不發達，出租車很少，當地人大多騎著機車出行。客運在臺中繞來繞去，兩個景點之間的車程幾乎可以走完整個臺中。

　　巴士在起伏的山丘上晃動，我暈暈地睡著了。眯著眼醒來，汽車正好爬到了一個小山丘的頂峰，無數密集的小房子從馬路盡頭長出來，遙遠又安靜，像《機器人瓦力》中，人類幾近滅亡之後，瓦力從垃圾堆中抬起頭看到的空蕩蕩的密集城市。近處的山坡上，眾多式樣很特別的臺灣墳墓和三三兩兩的枯草交錯著。無法分離的荒蕪與繁華，讓我覺得眼前的景象是一場海市蜃樓，五彩斑斕，很無情，可是又很美。

　　天漸漸暗了，司機開了車燈，帶著我們繼續盤旋，黛青色的小樹從我身邊跑過，黛青色的城市離我遠去，黛青色的車窗沒有說話，這是一天中，我最喜歡的時刻。

　　臺灣有一套很棒的生活美學。我常常走街串巷去博物館看各式各樣的展覽，曲高和寡的古典書畫，重商業化的產品設計，艱難晦澀的建築展示，自己熟悉或者不熟悉的領域。

　　在這裡，身邊都是和我一樣獨身看展覽，沉默不語的人。他可能是剛剛下班的電話業務員，可能是街邊開了一個小店的守店大叔，可能是前幾天和我在馬路上擦肩而過的人。我們看完展覽，走向這個城市的四面八方，有著不同的職業不同的生活習慣，彼此在以後的人生中也不會再見對方一面。但是至少在此刻，我們都從不同的領域，用自己的眼光欣賞同一個現象，做出自己的思考。這是我們一刻的緣分，亦是我們一生的緣分。

　　一次參觀展覽的時候，展廳有行為藝術家的表演。這是一場要脫鞋才可入場的展覽，藝術家腳上繫著帶有鈴鐺的銀鐲子。她光著腳，拿著掃帚畫圓，掃地板上一顆一顆的稻穀，她步子很輕，像一隻貓咪，走一步，鈴響一聲。觀展的人們散成禮貌而不疏遠的距離癡癡地看著她，有的站立著，有的坐在地上。她將穀堆掃開，變成一個圓圈和無數的撇捺，再一筆一筆地揮成最初的穀堆。表演結束，她拿起掃帚，輕聲走離，穀堆留在原地。觀眾轉身走向四方，沒有人中途離開，沒有掌聲，沒有議論，像經歷了一場不曾存在的表演。我不知道他們是誰，不知道他們此刻心理想著什麼，我只知道我和他們一樣。

　　短暫的臺灣生涯，是一場很遠很遠的夢了，生活在那裏的我，每天都在努力的接納和思考，雖然日子還是有很多不順心，但逼迫自己保持好奇心和感動，每一天都感到快樂而有奔頭，心態也漸漸調整得平和。無安全感的晃蕩，有安全感的孤獨，無處訴說的思念，不得不面對的剋制，那些消逝而去的一切，將永無記錄，但它確實曾經存在過。

四

　　從臺灣回來後，我沒有選到小學期的課。漫漫暑假，無所事事。於是跑去給一個電視臺做實習生。

　　在新聞部門做實習記者，每天的工作就是提前來單位找新聞線索，上午和臺裏帶我的師傅一起出採訪，採訪完急匆匆回到臺裏寫稿子，晚上六點，新聞就要編輯好在電視上播出了。

　　二十幾天的實習，和師傅跑了長沙很多地方。我們坐在汽車的後座上默默不語，各自想著下一條新聞要怎麼寫。在那種工作強度下，累得私事瑣事都懶得講，只想著腦袋裏裝少一點東西。不說話的時候是自己，一開口就變成了字正腔圓的大人。

　　通常我們中午十二點回到單位，師傅就開始寫稿子，連續不停。新聞稿寫到三點，主任就開始催，怎麼還沒出稿子呀！一點回來的話，只有兩個小時出稿，連外賣都沒時間吃。有時候回來的早，終於可以不過在辦工作的電腦前隨便扒幾口飯的生活。師傅說，今天回來的早，我們去樓上剪素材。我說，啊，時間這麼充裕不去吃飯嗎。他說，走走走，去樓上剪素材。走到樓梯口我正準備上樓，他卻往樓下走，我很納悶，不是去剪素材嗎。他說，領導在就不要說去吃飯，領導就想看到你不吃飯在拼，下樓吃飯去吧。

　　下午剪完素材，一條新聞基本上就出來了，但是我的任務還沒有結束。要繼續打開系統找題，找明天要做的稿子。找到六點才可以離開單位，碰到要開會的日子則要工做到更晚。通常下班的時候就天黑了。

　　從單位坐公交到學校，差不多一個小時車程。我喜歡坐在靠窗的位置，風吹著我的頭髮，沒有誰在看我。很喜歡那樣的環境，周圍都是剛剛下班的年輕人，隨著汽車晃動著睡著了；和身邊一起下班的同事抱怨今天的奇葩客戶；緊張嚴肅地跟老闆彙報工作情況；更多的是，和我一樣，累得一言不發地看著窗外的人。

　　從河東坐到河西，幾乎每次公交過橋的時候，我都會看到一艘船在湘江上緩緩地飄，不知道是不是同一個漁夫。我是傾訴欲很強的人，看到此景，若是從前，必定又想起《江雪》，再發條淒涼的應景朋友圈。

　　如今，我卻有種坦然。自身的渺小，我早就該知道的呀。人生這麼難，個人孤獨，兒女之情，小小的不如意們，有什麼好在意的呢。什麼都不算什麼吧。為什麼總是要把生活想得那麼難，為什麼什麼都要給它找一個意義，為什麼害怕出錯怕被別人看輕，為什麼那麼想要變成一個不會吃虧什麼又都懂的人。

　　羨慕他能夠在這個嘈雜的人世安安靜靜地在江上飄著，頗有魏晉風流。剛日出和剛日落的時候，江邊起了白霧，冥冥。漫長的河道上，只那一條船。

　　閉上眼睛，感受風吧。

黃橋二三事

羅曼寧

　　"羅曼寧老師，請問明天還要上課嗎？"和隊友們收拾行李準備回家時，宸安的短信發了過來。孩子以爲文藝匯演就像小學裏一年一度的兒童節表演一樣，過完節第二天還要繼續上課。可是告別的時刻總是要來臨的。

　　第一天過來的時候，長滿雜草的學校操場，只有半邊場的破舊籃球場，僅有七張桌椅的小教室，滿是蜘蛛網和灰塵的廚房，地上鋪張涼席就是床，還有蚊子漫天飛舞的廁所……作爲提前過來招生的隊員之一，竟然有種征戰沙場打前鋒的感覺。

　　來之前看到網上一篇文章，質疑支教的意義，說大學生暑假短期支教是是否剝奪了小孩快樂玩耍的時間。說這樣不是耽擱了農忙，孩子在這段時間不能幫助家裏幹農活了。說只有十幾天的支教能否真正給孩子帶去他們需要的知識，而不是給平常的教學添亂。出發前我也是帶著疑惑，想要在這十幾天裏，探尋我們支教的意義。十五天和孩子們的接觸，和家長們的交流，也算是讓我有了自己的答案。

　　我們的課程可謂豐富多彩，除了語數外三門主科外，我們還設有武術課、體育課、自然課、魔方等課程，還有趣味運動會、文藝匯演的展開……。孩子們平時上課的課程，只有語文數英，另外還有不在課程表裏面的體育課。所謂體育課，是看天氣和老師安排，想上體育課時，便讓學生到長滿雜草的操場或者葉家祠堂空地上，跑跑步。孩子們到我們支教班上課都是自願報名的，每個教室都坐滿了學生，暑假裏，學校比平時熱鬧得多，孩子們不但交到了更多的夥伴，還增長了見識。

　　和家長聊天我們發現家長們其實非常重視小孩子的教育，認爲只有讀書，農村的小孩才有好出路，只要孩子能夠考上大學，就會支持孩子。就像古人的思想一樣，讀書人是不下田的。在農忙的時候，他們都是自己幹活，有條件的租收割機或者請人，一般不讓小孩子幫忙。但是我們告訴小孩子要好好讀書的同時，也要多幫幫家裏長輩，做力所能及的家務活。

　　授人以魚不如授人以漁。支教，亦要看現實情況。黃橋小學 3 位老師都是本地村民，上課是老師，放學是農民，在學校教了四十多年，都快要退休了。爲了留住還在黃橋小學讀書的 20 多個學生，學校保留了三個年級，今年是 1、3、5 年級，那麼到了孩子升學的時候，便是 2、4、6 年級。一個班小孩的成績，拔尖的少，中等偏多，也有在及格邊緣的孩子。就是說，主科上面，還是要一步一步來，幫孩子打好十多天應該有的基礎。在種類多的興趣課上面，著重培養孩子的興趣，發現孩子的特長。就像象棋，當然就要教會孩子怎麼下，還可以適當地教授一些提高棋藝的方法。當然，羅馬不是一天建成的，爲學生十多年並且還繼續學習的我們知道，教學並非一日之功、一人之勞，萬萬不能求快。

當然，也還有一些需要改進的地方。因爲教室數量等客觀條件的限制，一個班其實是兩個年級的學生。像數學等需要知識基礎的班級，有時候提到一個知識，對於高一個年級的同學來說，學過了，容易，對於低一個年級來說，沒學過，難理解，看著會的人答對自己卻不會又心裏著急。還有對於高年級的同學，還應該給即將進入青春期的他們增加關於青春期的心理、生理健康教育課。

傑忠是老師眼中"噢，那個三班的穿黑色衣服的光頭啊，上課喜歡趴著"的那個孩子。記住他是因爲家訪的時候，問他的夢想是什麼？在老師的循循誘導下，他說想當一名服裝設計師。而夢想教育課上，他也是這個答案。之後的手工課，我讓他們自己用發給他們的舊報紙給自己設計衣服並穿上，也是他最積極，做得很好。不能忘記上過手工課那天，放學的時候，他拿著自己設計的、折得整整齊齊的"衣服"、"褲子"來找我，用帶著些許不好意思的但是真摯的目光看著我，說："老師，給。"還有文藝匯演之前，對我說："老師，你一定要幫我跟雪美老師報一個時裝表演的名，好不好？"

他不再是小彤聽課筆記裏，因爲在我的第一節手工課上，爲了卷筆刀獎勵而用有我的幫助痕跡的星星代替最後十分鐘比賽自己折出的星星的搗蛋男孩。最後臨走前，我寫了整整一頁紙給他。一方面鼓勵他，有夢想就要堅持，要認真讀書，爲自己創造更好的機會，一方面也告訴他，學習的同時還要學會做人，不管是對爸爸媽媽弟弟，還是身邊的同學，都要有自己正確的原則和態度。給他的時候，正是下課期間，他因爲和同學打羽毛球累了，在旁邊休息。他接過紙條，沒有馬上打開看，而是收好。臨走前他給了我一包夜來香花籽，用作業紙仔細地包好。

　　還給一些小孩寫了寄語。女漢子楊青看了我在她作業背面寫的信之後，跑來辦公室對我說："曼寧姐姐，你要我好好學習，我會好好學習的！"儘管在家訪之後，面對我們對她的鼓勵和讓她要多幫外婆做家務，她大大咧咧地邊搖頭邊說"我不知道我應該怎麼做"，但是其實她也很敏感，女漢子如她也有懂事的一面。

　　還有另一位女漢子葉麗。她給我的信是她的好朋友幫她把信折成紙飛機之後飛到我們睡覺的房間門口的。她自己因爲害羞躲在了柱子後面。好夥伴在下麵喊："曼寧姐姐，葉麗說你們就要走了，她捨不得你們！叫你不要忘記她！你也不要忘記我們啊！"在她家，我在她耳朵邊上說的，我想她一定會記住的。

　　還有要給自己取英文名意爲"藍血人"的、總是穿一身藍色的聯群。在學校總是搗亂，嬉皮笑臉，總想著展示自己從電視上學來的武功的他，給人沒煩惱的開心小子的印象。但是去過他家之後，才知道他的故事，也許這正是他總是想要通過自己的開心、搗亂來引起別人注意的原因吧。他在給老師的信中寫"我要好好努力，像我哥哥那樣"，上面提到的哥哥，是他們家的驕傲，去年，懂事的哥哥考上了一本。在我們爲八月生日的孩子準備的生日驚喜上，孩子們先是被老師罰站面壁，然後一頓"罵"，有孩子依然嬉皮笑臉，也有孩子因爲臉皮薄而哭了……然後二班學習委員捧著點了蠟燭的生日蛋糕，在生日歌曲的伴奏下出來，爲這些"無辜受罵"的孩子們代同學老師送上祝福。不知是有所感觸還是怎麼，聯群在切蛋糕的時候哭了。

　　還有好多好多孩子……漸漸熟悉起來的……都在我的腦海裏，伴著他們的故事，成爲了教室的座位坐標。一班：最左邊一排最後一個，喜歡穿著粉色的蓬蓬公主裙跑來找我，要我評價她的裙子的"小公主"博琳；小班裏第一個學會英文字母歌、老是對著我張開滿口黑色蟲牙的、第二排的班長葉江海；最右邊一列，第三行的成績很好很聽話，去家訪的時候躲在房間裏不出來但是最後和我拉鈎要好好學習的葉溪……還有二班三個小男神……三班心靈手巧的雅琴……害羞的喜歡把歌放到我耳朵邊分享的鳳坤……幼兒班摔倒了也不哭鬧而是靜靜站著等待老師來擦藥的乖萌寶寶葉峰……

　　也許是細節記住了太多，回憶總會模糊視線……我們教了他們一些，他們也感動我們很多。

每一個學生，就像自己的孩子一樣。

孩子們，你們知道嗎？當老師因爲你們搗亂而罰你們曬太陽時，並不是因爲覺得你們這樣很討厭而要整你們，而是因爲在瞭解了你們的成長環境，得知了家庭寄予你們的希望之後，看到你們搗亂、不懂事，爲你們感到心痛和著急。因爲從小爸爸媽媽不在身邊，沒有太多文化水準的爺爺奶奶或對你們嚴厲或溺愛。希望你們通過在太陽底下的五分鐘、十分鐘知道，什麼是不應該做的。

離別時刻，和每一位隊友擁抱。和親人擁抱的感覺是親切的。那些一起做過的難忘的事情，吃飯、睡覺、上課、家訪、偷吃、做包子包餃子、爬跨越兩個省的山、玩狼人遊戲、燈下聊人生聊愛情、學習魔方象棋吉他、爲隊友過生日、看雨後彩虹……所有所有都化爲寶貴的財富，永遠永遠留在命名爲“黃橋包子鋪”的記憶裏……

每個人都是別人生命中的過客。我們也是。就算是過客，也寧願做一個指過路的過客，讓孩子們看到還有更長更好的路。把我們知道的，我們看到的，和他們一起分享。

13 位來自四面八方的青年，因爲彩虹助學協會結緣，帶著夢想和期待，來到了黃橋村。經歷了難忘的十五天，成爲了親人。還收穫了小至 4 歲大至 17 歲的友情……短短的十五天，比生命中任何一段經歷都要難忘。願黃橋小學的每一位孩子，以夢爲馬，勇敢、堅強向前奔馳。

　　想起宸安的短信，我慢慢在回覆介面打上：“明天放假了哦，祝假期愉快！”

瑣事二三

張藝慧

一、豆腐腦

　　我從未在細密的生活中想到過我的外公外婆或者爺爺奶奶，他們像是站在戲臺帷幕邊上的人，在年節時候的緊鑼密鼓裏匆匆唱上幾句，其餘的日子，默默地隱敝在陰影裏，使我覺得對他們的記憶總是既淺又遠，且帶著難以明狀的傷感。

　　最近是因爲聽說外公重病，我才想起來從前吃豆腐花的事情，這個從前，我也記不得是多久，大概是我的幼年時期，因爲回憶很淡，時斷時續。

　　首先想起的是那間灰濛濛的堂屋，唯一的燈泡亮如螢火，橘紅色的燈絲微微地掙紮著，撐起整間屋的光明，然後就是灰白色的土牆，一碰就往下掉塊，一張很舊的竹床，上面擺著彩布織的坐墊，還有就是很大的石磨，水泥砌的大竈臺，竹篩，紗布之類，這是做豆腐的工具，外公外婆除了釀酒和種莊稼，還做豆腐生意，村子裏常有小孩子被大人打發來買豆腐，用自家的搪瓷碗盛上一碗回去，有豆腐，當然就有豆腐腦，豆腐腦卻是留給自家人吃的。

農村裏的日子單調並且一再重複，吃豆腐腦的日子因爲有一點不同，讓年幼的我覺得莫名興奮。外公會把屯著的柴火從屋頂上搬下來，堆在竈臺邊，然後坐在一個小板凳上，一邊拿著小鐵壺喝燒酒，一邊生火，火光會把整個屋子照的亮亮的，我盯著那團火，覺得它有生命，否則那竈臺上的大鍋怎麼會無緣無故唱起"咕嚕"的歌？外婆做的事就更使人好奇，她站在大石磨前，一手推磨，一手從小竹筐裏拿黃豆子，一把黃豆子從石磨上的小孔裏滑進去，經外婆一推，變成一層白白的漿液流下來，流進底下木桶張開的大嘴裏。他們從不言語，各自做各自的事，但空氣中自有一種溫暖踏實的氣味，也許是豆子的香味，讓人安心。

這樣的忙碌會持續到天黑，天黑之後，舅舅會開著那輛聲音很吵的摩托車過來，弟弟會從漫長的睡眠中醒來並且哭泣，隔壁的黃狗會在大門後猥瑣地探頭探腦，這個時候，熱騰騰的豆腐腦也該做好了。燈下，黑黑的樟木桌子上會擺上幾隻潔白的瓷碗，似黑夜裏綻放的幾朵梔子花，讓我癡癡地看，此時外婆會用一隻大勺，把豆腐腦淋在各個碗裏，又在上面加上一大勺白砂糖，那碗裏冒出的熱氣會立刻變得甜絲絲的，我吹幾下那熱氣，呼呼地喝下豆腐腦，胃立刻會熱乎起來，豆腐腦的味道我其實不大很記得，只覺甜甜燙燙。舅舅會快快吃完豆腐腦，騎上他的摩托車去幫村裏人修水管，弟弟那邊就麻煩多了，他會一點一點，將豆腐腦吃成碎碎的，吃到大黃狗搖頭晃腦地回去，吃到遠方的燈一盞一盞熄滅，吃到外婆長長地打著哈欠，吃到屋外的夜空，不知不覺爬上滿天繁星。

　　我也不知道爲什麼會想到吃豆腐腦這樣的小事，可能是有一日發夢，夢中幼年的自己坐在夕暉籠罩的涼床一角，安靜地看著外公外婆做豆腐腦時忙碌的樣子，於是醒來時便盼望如今的兩位老人，還能有那樣硬朗的身體，可是那石磨已荒廢了好幾個年頭，外公背全駝了，外婆也患上眼疾，便是如今的我，也很難保有那一種對豆腐腦的期待。

　　於是，吃豆腐腦只能作爲一件瑣事被我從時光裏翻揀出來，鎖在文字裏。

二、理　髮

　　高中時候爲了方便念書在一個隱蔽的小區買了房子，大約因爲在市中心，所以鄰居裏不乏有錢人，常常有裝扮光鮮的男男女女開著豪車出入小區，但是我從學校回家時，總要走一條很久很髒的巷子，兩邊有做夜宵生意的，有澡堂，有好幾家收廢品的，也有人住著，常常看的到拖著鼻涕的髒兮兮的小孩三五成群，跑來跑去，女人們穿著睡衣頂著雞窩頭出來磕瓜子，說些家長裏短，男人則光著膀子，要麼給大卡車扛貨，要麼，打牌！但我看到過的最多的是老人家，搬個板凳坐在門口，在堆積如山的廢紙箱，廢玻璃瓶前，翻一翻，稱一稱，一坐就是一整天。而這巷子盡頭有一家理髮店，據說開了幾十年，是專門給這附近清貧的老人家理髮的。

小區裏的人深知與那巷子裏的不是同一階級，小區的小孩也不跟巷子裏的玩，嫌棄他們髒，甚至理髮這種事，也不願與那巷子裏的人在一塊，小區上邊有個高級美髮中心，小區的女孩子們常常結伴去那裏，而我是個異類，我只去這巷子口理髮。外頭花花綠綠的理髮店，讓我瘆的慌。

這理髮店的門口有一隻爐子，架一隻鐵壺，裏頭的水常年沸騰著，煮著幾條舊的褪色的毛巾。裏頭只有兩把椅子，兩個女師傅。這兩位師傅，一位年長些，溫和敦厚，不大說話，那個年輕的也有四十來歲，手藝更好些，講話很快，動作也麻利。我每次進去都是找這個年輕些的師傅，只因為愛聽她說話，她什麼巷子裏的新聞都知道，說給客人聽的時候，全然沒有別的婦人們嚼舌根時的猥瑣樣子，態度大大方方，末了還有自己的評論，往往說的公正得體，使人信服。

第一次去這理髮店，有好幾個老人家在長凳上坐著，有等理髮的，也有來串門的，我挨著他們坐著等，凳上擺了《故事會》之類的粗陋讀物，我懶待讀它，就歪著聽老人們和理髮師嘮嗑，講他們的兒孫，講些有的沒的，陽光一點一點地移到店裏來，慢慢灑滿整個房間，有個老人微微閉著眼，打個長長的舒服的哈欠，像是要睡著了。

　　椅子上的客人起來了，與那師傅好一番寒暄，老人家都讓我先去理，於是那個年輕些的女師傅便領我到一個鐵的洗臉池子前坐下，我被這簡陋的洗頭設備嚇到，卻也只得弓著背，把頭伸到那池子裏，任她擺佈，好在花灑是有的，我感覺到溫熱的水一點點淋過我的頭髮，搓揉的泡沫散發淡淡的橘子味，不知爲何竟然找到了很小的時候洗頭的感覺。洗完後，師傅從門口的壺子裏撈上來一條熱毛巾，擰乾之後給我擦頭髮，非常用力地擦，像母親給兒子擦頭髮地擦。

　　我坐在椅子上，圍上大藍褂子，她也不問我要怎麼剪，就哧哧地用起大剪刀剪起來，一邊剪一邊繼續她與老人們的談話。

　　她在鏡中看了一眼我，又說到我身上來：“妹子，你是讀的一中還是二中？”

　　我對著鏡子比了個“二”。

　　她爽快地一笑：“其實我一看就知道，你是讀書狠的。讀高幾啊？”

　　我又比了個“三”。

　　“喲，我家妹子也是高三。讀文科的。”

　　“那她是一中還是二中？興許我認得呢！”

　　“她哪裏進得了一中二中？她讀六中吶，讀書死不行，天天在家裏耍！我也沒管過她！天天在這店裏！”

　　忽然那邊坐著的一個奶奶插了句話：“在家裏耍總比去外頭耍好呢！”

　　那師傅冷笑地接過話：「那也是，街西茶館裏邊，好多六中的學生跑去打麻將，從白耍到黑，要是我崽，早就打死了！一個細伢子，不讀書做的了什麼事，不望他們賺大錢，但做人要上進，做事要拎得清！我們那時候要是有書讀，就不要這麼累死累活啦！」

　　正說著，外面傳來打鼓聲，咚咚的吵得歡，師傅便說：「這都好幾個月啦，這人還是跟敲菜缽似的！」大家聽了都笑起來，連那大師傅也憨憨地笑了。

　　「那妹子你想考哪個大學？」

　　「中國傳媒大學。」我不假思索地說。

　　「喲，蠻厲害的，在長沙嗎？」

　　「在北京吶！」

　　她看了一眼我，說：「那你讀書是頂好的吧？」我笑了笑。

　　「我也不要我妹子考到北京去，只要她考個二本，我供得起就要得了！爲著她讀大學的錢，我在這店裏假都不敢請！」師傅重重地歎口氣。

　　隔壁椅子坐下一位老人家要焗油，她看了兩眼，說：「老人家，你這一頭鶴髮仙氣得很，我看倒不用染，正像個老壽星的樣子！」老人家看著鏡子笑了，起身不染了。

　　老人家扯著沙啞的嗓子說：「我這頭髮這些年禿了好多，妹子你看怎麼弄？」那師傅便細細地講起中藥保健防脫髮的知識來，還抄了個方子給那老人，老人得了方子，便慢悠悠地走了。

　　方子給那老人，老人得了方子，便慢悠悠地走了。

　　理完髮後，我仔細對鏡一望，手藝果真與別處不同，便打定主意做這兒的常客。如此過了大半年，有一日路過店門口，發現只有那個年長的師傅在，有人問那小師傅去哪了，大師傅便憨憨笑著說：「要高考了不是！回去陪女兒了！」聽到這話，我不禁點頭微笑。

　　放榜那天，我又去那理髮店理了最後一次髮。

　　「考的怎麼樣？考到那個北京的大學了沒？」我一進門那小師傅就問我。話音一落，全屋子的人都往我這裡看。

　　我苦笑著搖頭，說：「大概只能是湖南大學了。」

　　「湖南大學好啊，湖南妹子就要讀湖南大學嘛！」她爽朗地笑著。

　　「那您女兒呢？讀哪裏？」

　　「她呀！她不讀大學，考個三本！沒錢讀！」她仍是笑笑的。

　　「現在社會的出路這麼多，何必非要讀大學呢！」一屋子的老人家都開始體貼地這麼說。

　　小師傅點點頭，剪頭髮的動作裏，多了一絲不動聲色的沮喪。

三、你在樓上看風景

　　在我小學時的日記本裏，歪歪扭扭抄了一首這樣的詩：

　　你在樓上看風景看風景的人在樓上看你

　　明月裝飾了你的窗子你裝飾了別人的夢

　　至今仍記得我抄下這首詩時，身體因爲某種神聖之感而像草一樣微微顫抖。

　　我大約是從某本書的邊邊角角裏看到的，抄下來的時候，把“你在橋上看風景”抄成“你在樓上看風景”，小孩子嘛，所以毫無察覺，偏偏是這一字之誤，引出了幼年的我的無限遐想。

　　那是躲在被窩裏的想像：

　　皎潔月光下，一條普通的羅馬的街道，街邊小樓上有一位穿著白色寬大睡袍的少女，她倚在欄杆上托腮凝神，她的黑髮比黑夜更黑，在風中飄散，她的對面是閃閃發光的許願池和裝飾著彩色玻璃的哥特式教堂，漆黑一片的教堂頂層，一個修道士把臉緊緊貼在圓形的玻璃窗上，窺視著她，這樣的愛戀彷彿隔夜的光，低訴，久病不愈。

　　我曾無數次在睡前反覆地想這個畫面，希望一入夢，就能去那裏，可是我總去不成，日子一天天地過去，我慢慢地知道了這首詩的名字和作者，慢慢知道了自己的謬誤，我漸漸長大，讀了更多更美的詩，而那首詩和那個畫面早已經丟失在某一年。

　　而我尋回它們，又是在多年之後的某一刻。

　　陽朔如詩如畫的客棧小房間裏，我正在緊張兮兮地試剛買回來的藍底碎花的長裙子，裙子長及腳踝，太陽從窗臺潛入房間，在我裸露的肩膀下留下它的吻痕，那是一道長而深的陰影，滑過我蓬亂的短髮，剛好扣住我的腳趾，我一轉身，便不經意地看到了對面樓上的少年。

他在看我，已看了很久，不避諱地看。

樓下傳來一聲長長的叫賣桂花糖的梆子聲，小街溫潤沉默，兩邊櫥窗灰白著午睡的顏色，陽光穿過佇立於磚式建築前的幾棵大榕樹，灑下斑斑點點，樹下不時有小孩騎單車路過。

這裡本有許多可看的風景，而他只是看著我。

我慢慢地拉上窗簾，在邊角留下我隱秘的一瞥，而他也笑著低下頭去，那一刻他的臉上，似有一種很大很深的溫柔。

小鎮歲月

朱梓馨

澉浦澉浦，酈道元《水經注》中寫到"東南有秦望山，傍有穀水流出爲澉浦"，這樣一座建鎮於唐開元五年的古鎮，攜著一代一代人的記憶，見證著千年歷史的榮衰，安靜地坐落在杭州灣的一旁。

西元十三世紀，馬可波羅來到杭州，懷著探索遠方的無限渴望，他寫下"離該城四十二公里遠的地方，沿東北方向就是大海，這裡有一個優良的港灣。所有從印度來的貨船，都在這裡停泊。"而這裡所說的優良的港灣，就是嘉興海鹽的澉浦港。"內河船泊於白塔潭，海商船近靠泊櫓山，貨運船駐停鴉雀墓，番船皆聚龍眼潭，客旅舟常在金家橋，轉運貨船須往三裏堰。從高處鳥瞰，桅林帆檣蔽日，軸擁艫堵相銜，千舸泊港，萬商雲集，貨積如山。"地方誌中記載的澉浦港貨物雲集，商貿活動繁盛，作爲杭州的外港在成爲繁榮大港的過程中發生了日新月異的變化。

　　到了現在，這個東方古港見證了熙熙攘攘的商品貨物交易，經歷了好幾個世紀的鼎盛與繁榮，卻逐漸走向祥和與平靜。雖然已經幾乎沒有船隻會在此停留，但是當地人仍舊稱其"碼頭廊"，這昵稱裏透露出來的親切其實是一種被一方水土所撫育所滋養的感激與驕傲，我們更無從想像的是，有多少故事在這裡積攢發生，有多少淚水在這裡溫情拋灑。

　　20世紀初期，在蕭山紹興一帶有這樣一批年輕人憑著自己一身的力氣和腦中的智慧，遠離自己的家鄉，輾轉於各個港口。他們不似今天的年輕人滿口的夢與理想，他們的理想早被藏進了船艙，隨著發動機有規律的轟鳴聲，沉浸在海洋裏。他們的生活是質樸而粗獷的，愜意而又帶著點荒唐。他們喝酒，抽煙，滿嘴跑火車，相互吹著牛逼又相互罵著髒話。老黃和他的近鄉們便是這樣一群人。老黃老黃，其實他並不老，事實上他正處於血氣方剛的弱冠之年，只是長期在海上往來的人，是沒有年輕與年邁之分的，只有資歷的老練與稚嫩。

　　有一次出船，漸漲的潮水侵襲著老黃一行人，他們只能尋找就近的港口躲避一次突如其來的災難。好巧不巧的，澉浦成了他們暫時歇腳的中轉站。那一日，一大批紹興人來到澉浦，在這樣一個安靜的小鎮停靠歇息，用相差不大的方言熱情地與當地人們交談。水上的見聞，紹興的特色，外面世界的美妙，給大家打開了新的視野。

　　楊家最大的姑娘冬梅紮著兩個粗粗的麻花辮，身著著一件印著細小碎花的蘭布襯衫，聽著他口中所描述的海平線，日升日落，那些陌生又讓她覺得想瞭解的過往，她的心中從此埋下了一顆對幸福對愛感到渴望的種子。在他停留的這幾日，他們每天在一起天南地北地聊著，看她嘴角彎彎的笑，他的內心也開出花來。彼此的思念在他離開後愈演愈烈。她開始一直惦念著他，不斷地給他寫信，談家中的瑣事，談今年的收成……他常常在航行在外的船舶之上，很長一段時間才能讀到她的信，每次停靠在岸邊收到信時，都是一口氣念完，彷彿飲下了一杯暖心的酒，暖了全身的血脈，暖到心窩裏去。他想著她的毛花辮，念著她的藍布襯衫，惦著她清秀的容顏，和她羞澀又滿足的笑容。他在海上也有了除了家鄉以外，另外一個讓他感到溫暖的羈絆。

　　如果說，有什麼力量可以將一個漂泊流浪著的靈魂安上了一顆想安定的心，那我想愛情就是其中的一種。隨著幾年異地而處的書信往來，他倆越來越確信對方就是自己所想與之過一生的那個人。

　　所以又一年，老黃對著遠方逐漸退隱的落日，決定不再在海上動蕩。他來到昔日為了躲避潮水的小村，看著田間彎腰勞作的她，他明白，從此以後，這片田，就將成為他的歸宿。而他，將會成為她的歸宿。

　　像這樣的故事雖然顯得平淡而又簡陋，但確確實實發生在這個古老的東方港口，一個名叫澈浦的地方，發生於一個朋友將爺爺奶奶的相識相戀故事簡略的分享中。就像白流蘇，范柳原，因為整個城市的顛覆才最終獲得的美好姻緣，在苦難中相知相攜相愛。我們已無從得知那場潮水具體發生在什麼時候，幾十年前除了信件之外沒有任何通訊設備，只知道在這樣一場狂風暴雨中，促成了兩個人的相識和相戀。

　　其實人心並非不古，心存善意和愛，方可歷久彌新。

佛 下 燈 蓮

窗裏窗外

徐寧閱

　　大抵所有的女孩都在腦海中勾勒過她們夢想的房子，或許那是一幢玫瑰色的房子，有白鴿，粉色天竺葵，長長的鋪地毛毯和永不熄滅的爐火；或是一間帶著濕氣的蒼翠色的林中小屋，有青苔，鵝卵石小路，濃綠覆蓋的爬山虎和原木架構的四壁……我亦如此。

　　不僅如此，在窗戶上我總是傾注了很多的注意，在我看來窗是房屋的靈魂之眼，若沒有窗戶，那最多不過是個囚牢,談不上是房子。

　　人類出於居住的需要建造了房屋，可正是房屋使人與世隔絕，所以才有了窗的出現。窗的地位並不次於門，門只是一個聯通外界的出入口，而窗則是一條恒定的通路。窗是極好的媒介，它使人與自然有了適當的接觸，不遠不近，正是產生美的最佳距離。

　　人間四季皆是良辰美景，而窗是最適合的取景器。春爲輪迴之始，應取滿目桃夭，灼灼芳華之景。桃花種類不必繁多，但須得純粹絢爛，鋪天蓋地，方有鮮麗之感迎面一擊。若是夏日，可取層層烏雲爲幕之時，明晃晃的驚雷照亮叢叢欲燃榴花的刹那之景。再是秋日，應取被暮秋之雨浸濕後，連綿山巒之上層林盡染之景。最後是四季終曲之冬，此時最美莫過於滿目皚皚白雪映襯下，從窗緣斜刺進的一支遒勁老梅了，白雪紅梅，足蓋一季！

　　窗是蘇州園林凝固的詩。如果說建築是凝固的史詩，那麼在這一具有厚重歷史氣息的長篇面前，這些小詩似乎顯得單薄了，但不會有人忽略了它，它是加以點染的一抹情懷。雖然說相對於整體的園景，窗的存在似乎沒有這麼必要，因爲它把園景固囿了。但那各個別致的窗櫺空透出了別樣的生命，一步一換景，一眼一縱深。蘇州園林中多爲漏窗，有種解釋很有意思，說“凡觀眺處築斯，似避外隱內之意”，漏窗之於園林，不僅可使牆面產生虛實變化，還能使相隔的空間虛實相生，似隔非隔，似隱還現，據說這起源於退隱官員身雖退，然心仍念的複雜情懷。

　　窗並不僅僅是一個單純的取景器。它是雙向的魔鏡，來自那一邊的活色生香引誘著你，使你不自覺地沉淪其中，卻又心甘情願。恍然清醒，你早已置身其中不得脫。只要窗是開著的，你就拒絕不了這禁果般的誘惑。在日本京都的源光庵，有兩扇窗遠近聞名，這兩扇窗的深邃的禪意內蘊對人的影響甚至超過了四季風景變換之美。這兩扇窗一扇爲圓形，名爲“頓悟之窗”，代表禪、智慧和整個宇宙世界；一扇爲方形，名爲 "迷惘之窗"，象徵人生世界的執迷不悟、逃脫不掉的生老病死和四苦八苦。窗裏窗外看世界，儘管同樣的景致，但時節不同，角度不同，感受亦不一。這是禪的意境，卻也是自然的魔力。不必否認，自然之景總是影響著你的，它總有辦法讓你不自覺的成爲它的一部分。你無法佔有窗外天地，無論是空間的橫向還是時間的縱向，哪怕只是小小一方。它歸屬廣闊，只有此時此地的這一眼屬於你，其他的就不必奢求了，因爲它也並不是　爲了等你而存在。

　　窗外四時之景固然美卻並非我最愛，玄之又玄的禪境雖深刻也並非我所求，我希求的是玄妙下的簡單，好比近處花木扶疏掩映下的遠處萬家絢爛燈火。每每想到，在我欣賞遠處萬家燈火時也有人從那遠方看過來，我又成了那人眼中萬家燈火中的一點的話，更是思緒翩遷。

　　即便窗合了，眼閉了，心卻不能關上。窗外的人與窗裏的的人互爲風景，窗外的風物也該與心中的情思交相輝映，難以割捨。這時，窗就印在了心上。

　　這才是完美的融合。

茶 韻

曲 琳

"爺爺泡的茶，有一種味道叫做家；陸羽泡的茶，聽說名和利都不拿。"我很喜歡這首《爺爺泡的茶》，寥寥數語，辭藻樸實，卻唱出了難以描摹的茶韻，將無形化爲有形。茶香清逸，茶色古樸，給人一種返璞歸真的感覺，回歸自然、回歸本心，彷彿遠行的遊子踏遍千山萬水終於回到故里；而真正懂茶的，真正參透茶理懂得其奧妙的，才能真正做到拿得起放得下，不求一生榮華富貴，但求不爲名利所累，每天都過得有滋有味、順遂快活。

茶道精神，怡清和真。怡爲其本，怡情養性；清爲其韻，清心寡欲；和爲其禮，敬美圓和；真爲其道，返璞歸真。

茶，文人之風雅。日月之精華、山水之靈氣、四季之輪迴盡浮沉於這一盞小小的紫砂茶茗之中。迎風傲雪，香潤優柔，純厚清逸。杯中香茗，怡情自得，亦有

文人之雅致。"冷然一啜煩襟滌，欲禦天風弄紫霞"，
一碗茶，啜盡紅塵滌煩憂，閒轉青瓷雕花盞，猶似軟玉
又添香。東坡晚年鬱鬱不得志，棄官離京，閒居於蜀山
腳下的鳳凰村，此地有素負盛名的唐貢茶，又有金沙好
水玉女潭，再來一把海內皆爭的紫砂壺。"心隨流水惹
香茗，身似閒雲捕茶清"，閒來無事，品品茶，作作詩，
好不自在。親手製上一把別具一格的提梁壺，爭得世人
盡相仿造，從此"東坡提梁壺"的故事流傳開來。東坡
之爲人，有沸水煮茶時的激昂和熱情，也有茶沉於底不
與爭鋒的內斂。東坡豁達，寵辱不驚，看庭前花開花落；
東坡淡泊，去留無意，望天空雲卷雲舒。斯人如茶，不
惹塵埃，笑論沉浮，憂哉遊哉，極致風雅。

　　茶德高雅，玲瓏小盞顯芳華，飄然潤葉一室香。茶
聖陸羽在《茶經‧一之源》中說："茶之爲用，味至寒，
爲飲最宜精行儉德之人。"陸羽將茶德歸之於飲茶人的應
具有儉樸之美德，不單純將飲茶看成是爲滿足生理需要
的飲品。陸羽之所以被稱爲茶聖，不僅僅是因爲他泡得
一手好茶，精通茶樹生長之經要，更重要的是他深諳茶
道聖理並不斷追求真善美的的人生至高境界。陸羽就像
這茶，不攀附高枝，不倚傍庭樹之萱，潔身自好，自由
生長在天地之間，初嘗雖味苦，細品卻幽香。萬物之靈，
人生百態，盡被融化進茶的世界，一碗晶瑩的茶湯，一
份無法言說的執著。水到之處，倩影搖曳，回眸百媚。
茶香襲人，茶青靚麗，風起，葉語，花輕舞。陸羽泡的
茶，就像一幅山水潑墨，水在飛舞，山在搖擺，醉了風

花雪月的嫵媚，醉了天涯海角的空蒙。細葉如牙，微如毫末，大瓢素盅皆合宜，貯日月春華，孕乾坤之味，雅若花中之蘭，氣兼枝中之竹。

人說，人生如茶，茶如人生。人有多種，茶亦是如此。香馥若蘭的是龍井，神秘醇甜的是毛峰，肥亮明淨的是銀針……

花茶敏銳，如情竇初開的少女。諸花開時，摘其半含半放之香氣全者，與茶葉混合。花多則太香，脫其茶韻，花少則不香，而不盡美。那隔了一季的香片兒，聞來卻依舊生動如初，彷彿彩蝶遊戲於百花中間。清香的茶氣，猶如素衣少女隔岸淺笑低吟。

碧螺春靜美，如長在深閨中的大家閨秀。條索纖細，捲曲成螺，滿披茸毛，色澤碧綠。看它在水中婀娜的模樣，不禁讓人想起眉清目秀、風姿綽約卻不失頑皮可愛的富家小姐，這樣一位可人兒，美麗而不張揚，矜持而不古板，舉手投足之間若有似無地飄散出古典美女的大家之氣。

紅袍高深，如久居深山的脫俗仙子。香氣馥鬱有蘭花香，香高而持久，"岩韻"明顯。仙子不入凡塵，集武夷靈氣，周身仙氣繚繞，不食人間煙火，唯有細品，方能真正品嘗到岩茶之顛的禪茶韻味。

……

茶是一種情調、一種韻味、一種寄託、一種記憶。人生在世，求淡雅之美，淡名，淡利，"無為"。順遂自然，任一切入幽美邈遠的意境去。一切歸於平淡，歸之於"空"。最愛元積的寶塔詩：

"茶，
香葉，嫩芽，
慕詩客，愛僧家。
碾雕白玉，羅織紅紗。
銚煎黃蕊色，碗轉曲塵花。
夜後邀陪明月，晨前命對朝霞。
洗盡古今人不倦，將至醉後豈堪誇。"

茶之一脈，以和為貴，處貧壤而生，納甘霖以香靈，聚宇宙華采，孕萬物之道；集天下之精，和，雅，禮。品之，氣定神閒，寬厚仁和。紫砂醞釀著香濃，靜心小酌百味由心而生。輕息芬雅，碧波倩影，暗自留香。

天道，茶道，人道。

有生於無，萬物復生。

海上踏歌

曲　琳

　　大海爲什麼時而高歌？礁石告訴我：她總是懷著年輕的熱忱。大海爲什麼時而呢喃？海鷗告訴我：她也有嫵媚嬌羞的時候。大海爲什麼時而怒吼？烏雲告訴我：她在與風暴抗爭。大海爲什麼時而哼唱小曲兒？船隻告訴我：她總是自由暢快，無所拘束。

　　聽，海的舞曲。在一望無垠的海洋之心，一串串悠揚的歌聲飄揚而來，那裏正舉辦著一場華麗堂皇的精靈舞會。從海面直射而下的柔和的陽光，成爲舞廳裏最華麗的鎂光燈。藻荇飄搖，和著水流拍打著節拍，成爲舞會上最優秀的樂師。來自四面八方的水族精靈身著盛裝在舞池中盡情地扭動腰肢，一舞接一舞，她們一遍遍演繹著華爾茲的浪漫愛情。不知道這些魚小姐、蟹先生從哪裏來，又要到哪裏去。總之，舞臺很寬廣，世界很精彩，它們懷揣夢想而來，又將攜著今夜的激情與感動奔赴遠方。這裡的水晶世界，是它們的世界，見或不見，她都會在那裏，靜候君來。

　　海風輕拂，像媽媽的手撫摸著幼小的孩子，為你披上一件夢的衣裳，泛起點點漣漪。你微笑著拍拍手，欣喜地獻上朵朵浪花，感謝風與你擦肩而過的一瞬。海鷗是你的伴侶，它會伏在你的懷裏撒嬌，逗你開心，訴說著你們之間的小秘密，轉達著天空的問候，而你則哼起你們曾經的歌謠。海水那深沉內斂的藍，使人感到翡翠的顏色太淺，藍寶石的顏色又太深，縱是名師高手，也難以描摹。萬頃碧波，流彩溢金，海姑娘是那麼得寧靜安詳，風情萬種。海的心很寬廣，能容下風雨和陽光。海的廣博，正是她的魅力所在。你會愛上她的遼闊，愛上她容納百川的氣魄，愛上她的溫柔清波，愛上她的蔚藍深邃，愛上她動人的歌聲。

　　但是，外表再風光，她也有不為人知的寂寞，低沉的聲調裏流轉著她的哀傷。寂靜的黑夜，遠帆歸航，鷗鳥入眠，魚蝦潛底，而她只能默默地遙望著遠處城市的喧囂，似乎那繁華的燈紅酒綠與她毫不相干。在星光燦爛的夜晚，人們會來到海邊狂歡，為寂靜的海灘帶來生氣，然而大海還是鬱鬱寡歡、悶悶不樂，因為，狂歡後的人們帶走了歡聲笑語，留下了遍地“傷痕”，大海只能如初生的小牛犢一般含著淚自己默默地舔舐傷口。誰解我之哀愁，誰融我之冰霜，誰驅我之沉寂。冷靜理智的大海也會有怨，也會有恨。暴風狂雨犯了錯，惹得一向溫柔的海姑娘狂怒難忍，她需要發泄，不顧一切地發泄，也許是壓抑得太久。她怒吼，她吶喊，一改平時的漁村小調，唱起狂熱的搖滾，聽她那澎湃的聲音，聽她那低沉的音響，大地在顫抖，世界在顫抖，哪怕滄海桑田也不願向風雨的淫威屈服。為了頭頂那片自由的天空，她選擇抗爭，而不再隱忍。於是，一首曠世的自由之歌由此誕生，那是她放飛的不朽的靈魂。

海，是包容的，是心靈的歌者，她能在傷者最脆弱的時候為他們哼唱一首治癒之歌來緩解人們的傷痛，讓人們從痛苦與禁錮中解脫；海又是堅強的，她能在艱難的時刻，唱響生命的戰歌。1824 年，俄國詩人普希金被沙皇專制政府流放到高加索，他狷潔不阿，不願迎合當地總督而被革職遣送回鄉。臨行前，普希金站在高加索海邊登高望遠，以孤獨憂憤的筆觸寫下了著名的《致大海》。"再見吧，自由的原素！最後一次了，在我眼前，你的藍色的浪頭翻滾起伏，你的驕傲的美閃爍壯觀"，這是詩人熱情的歌聲。因為有海，詩人的情感得以寄託，內心的痛苦與憤懣得以訴說；因為有海，詩人在人生的低谷能夠重新站起來，生活之帆得以迎風前行。普希金是海一樣的詩人，是不屈的搏擊者，他從不向命運低頭，因而譜寫出一曲曲自由的交響。

"這片平靜的房頂上有白鴿蕩漾。"這是法國象徵主義詩人瓦雷裏的名詩《海濱墓園》裏的句子。大海是屋頂，浪花是白鴿，浪花在大海裏自由綻放。浪花點點，在這水天一色金光閃閃的海面上，就像一條條雪白的蕾絲彩帶，輕悠悠地舞動著，舞動著。詩人蘭波想像自己是一隻醉舟在大海上漂浮，他高唱著"我熟悉在電光下開裂的天空，狂浪、激流、龍捲風；我熟悉黃昏和像一群白鴿般振奮的黎明，我還見過人們只能幻想的奇景！」。這是驕傲慷慨的旋律，海也為他鼓掌，為他歡呼。

美國詩人惠特曼愛海，他把大海當做自己創作的靈感源泉和潤色之筆——「啊大海，這一切我都願意交換，如果你能把一道波浪起伏的訣竅換給我，或者你能在我的詩上吹上一口氣，並把它的味道留在那裏。」也許，這是為大海而唱的感謝之歌；也許，這就是大海為自己演唱的靈魂之歌，只是假借他人之口罷了。細品其詩，總給人一種海風徐來，海波微漾的舒適感。海的內心、海的韻味盡在這動人的歌聲中，令人回味無窮。「這是一支不曾唱過的海歌，是大海為我們而唱的歌：大海，引導我們，直到盡情呼吸與結束髮展，大海，是我們，引導海水絲狀的聲音，與全世界所有僥倖獲得的偉大涼爽。」這是法國詩人佩斯的歌聲，在海邊徐徐迴蕩著，這歌聲既優雅迷人又深沉濃厚。

詩人們以海為題譜出氣勢恢宏的海洋交響曲，編織著一個又一個斑斕的夢。推開雲月，一抹晨曦鋪灑而來，孕育著夢的希望，延續著夢的美好，日復一日，年復一年，篆刻著礁石的印記，守候著唯一的永恆。海是深沉的，但有時又會任由心底的厚顏肆意蔓延，最後靜靜地看著那滔天火焰融入她的深邃。海是靜謐的，看著沙灘上的男男女女，撫平海灘上斑駁的足跡，潮起潮落，看遍人世滄桑。一波未平，一波又起，撫摸著曾經的痕跡，周而復始地，引領著自然的新陳代謝，然而一直在那裏的，是那永不歇止的海之歌。

夢回清照

關雅丹

玉蘭花開得真早，春一到，就冷不丁地綴滿了枝頭。那滿樹的花朵，定是無暇的白玉雕刻而成，似又在牛奶中沐浴了一般，細膩光滑瑩潤飽滿。每一朵花就像是一隻羽翼豐滿的鳥兒，站在枝頭，迎風歌唱。看吧，那一樹的花朵，挨挨擠擠，熱熱鬧鬧，一抹抹亮白，煥發了整個春天。玉蘭花開得聖潔，高貴，電壓，飄逸，如妙齡的少婦，從身體裏自然透出無限的魅力和風韻。

可是，從那滿樹的熱鬧繁華中，我卻讀到了玉蘭內心深處的落寞。短短幾日的花開，沒有一片葉子的陪伴，當繁花落盡的時候，葉子才懶洋洋地冒出頭，花與葉子，註定了彼此錯過，它們在互相等待尋覓中度過了一生。

"風住塵香花已盡，日晚倦梳頭。物是人非事事休，欲語淚先流。聞說雙溪春尚好，只恐雙溪舴艋舟，載不到許多愁。" 我是那愛恨情仇集一身的李清照，一顆孤獨的心承載著無盡的寂寞。在乍暖還寒的夜晚，我感慨落花滿地的悲涼；在清涼初透的半夜，我讓愁緒化成一片濃雲；在西風簾卷的清晨，我哀傷著人比黃花瘦。只要天上飄著那如煙如夢的細雨，只要地上舞著那淩亂乾枯的黃葉，我就會斜倚著窗兒望眼欲穿，就會彈奏出淒美幽怨的曲調。讓我的惆悵化成雋永的文字，一次又一次"淒淒慘慘戚戚"地走向孤獨，醉飲人生的苦酒，執著地尋覓遙不可及的愛情。

　　那黃昏的點點細雨，哪裏是滴在梧桐樹上，分明就是滴落在我苦楚的心頭啊！早春時節，難以將息的夜晚，我凝望著院子裏那株玉蘭樹在風雨中孤立飄搖的身影，彷彿照見了自己的命運。在金人的鐵蹄下，在滾滾狼煙裏，和我的愛人異地相守。她花自飄零水自流一樣地顛沛流離，卻一刻也沒有停止過金石研究和詩詞創作，把滿腔的寂寞和憂鬱結成累累的文字碩果，我不能像嶽飛那樣馳騁沙場，也不能像辛棄疾那樣上朝議事，甚至不能像陸遊那樣與政界和文壇的朋友，痛快地使酒罵座，針砭時弊。

　　但是，這就是我，我要如亭亭清雅的白玉蘭，孤傲地獨立在大宋王朝這灰暗的天庭之上，永遠綻放著奪目的光芒。我擁有著偉丈夫般的志氣和胸懷，"生當作人傑，死亦爲鬼雄。至今思項羽，不肯過江東。"

　　人們把我視爲具有傳奇色彩的女子，內外兼修，精緻的近乎完美，是美和愛的化身。然而，悲哀的命運卻時刻籠罩著我們，幾乎應驗了所謂的"紅顏薄命"。才華卓著，滿腹經綸，滿腔熱血，卻只能流離失所，清苦一生。我的孤寂無人能懂，即使這樣，我也不曾沉淪，而是要把自己的人生苦澀，演繹得燦爛輝煌。

傍晚時分，玉蘭樹每一條瘦長的樹幹都指向高空，把冰瑩的花朵高高舉起。沐浴在金色的霞光中，似一尊容顏不改的雕像。

生如夏花

田昕禾

物有三種，人亦然。

沉眠慵睡在綿密的愛撫下，沐著陽光，浴著朝露。墜垂在枝葉疏落處，扭動著肥大多汁的身體，孤芳自賞。想必一定會是國宴上最鮮亮炫目的存在，最不濟也必得在鮮果鋪子的最打眼地方展上幾日丰姿綽態。它一直都這麼想。直到在榨汁機器裏發出最後一聲哀嚎。

感受到了生的渴望，就咬緊嘴唇，擰著俊眉，拼命向上攢動。終於，看到了自己通透嫩翠搖動身體搖擺在晨風的親吻下，清甜地偎靠在暖陽的臂彎裏。終於，染上油亮亮的綠，閃耀著彩釉才有的沉澱光彩，精心掩映著身下的果實。終於，又是一陣春雨來，它打著旋的落，落在正青春的少女鬢間。

朝飲甘露，暮咽高枝，夏生秋亡。垂緌引清露，流響出疏桐，居高聲自遠，非是藉秋風。鳴蜩從未放棄過歌唱，愈短暫愈倔強，逾美。道理相通的，比如說巍巍

然的黃山松，比如說清清然的野百合。是天地間最傲傲
然的存在。

　　以上爲物，那我們呢？

　　昏昏沉沉，庸庸碌碌，喑喑啞啞，給無比豐厚的愛
予己，憑至鄙冷漠的眼看物。給自己的要求永遠低於社
會所需，苟且偷生，有最厚臉皮的快樂。即爲第一種。
惶惶恐恐，上下求索，前後觀瞻，爲著更好而拼搏不已。
給自己的要求同社會所需對等，像是在大海裏的一葉扁
舟，需求的一點點的轉變都引得小舟茫茫然地調整方
向，他們漂在人生苦海裏，但，都向著光亮。即爲第二
種。璨璨發光，熠熠閃耀，引人歆羨，他們以人生贏家
的姿態傲立雞群，而仍然在不斷攀爬。這就是第三種：
對自己的要求高於社會所需。是最心安理得的快樂與獲
得。

　　總是那些神奇的契合，才給生活增添了新的可能。
庸碌者倚在床前啜飲鮮榨的果汁，拼搏者觀雨落打葉別
生了些些許許的悲憫。那些罩著光環又耕耘不輟的，才
有獨釣寒江雪的大氣超然。你是何種人，你看何種景。
手捧旅遊圖，肩垮照相機，按圖索驥，專找圖上標明的
去處，在某某峰、某某亭“哼嚓”幾下，留下“到此一
遊”的證據，便心滿意足的離去。他們庸庸碌碌的活，
匆匆忙忙的看景。習慣了短淺的生活，就喪失了面對自
然的靈性，體悟自然的釋放。與紛紛冗冗湧向名勝之比，
第二種人有感於自身奮力之不易，便對別致僻靜處情有
獨鍾，各路名勝中湊熱鬧的人群，大煞風景的現代化迎

合都以媚態要擠爆你的眼球，不妨潛入陌巷僻壤尋一份安靜，覓一處清涼，等等在路上的風塵僕僕的靈魂。面對物，超然者多了更多的大是大非的思索，往往能從細微處窺見浩浩湯湯的哲學宏觀，他們最懂，最明白眼中景，他們是它們的代言人。

庸碌索取為懷揣希望的人所不恥，屹屹傲立為更多人所不及。或許可惜，或許來得更有趣，我們全是在佛前化緣的求索者。

有意思處在於，你是哪類，怎麼也不是定式。天生就是求索者是絕大多數。只不過，有的摔入泥淖，驚覺滿身醃臢不願再起，於是就在泥裏打了一輩子滾兒。有的孜孜不倦，終究破繭成蝶，羽化成仙。生如夏花之絢爛，就是心知肚明自己不過鮮花一束，仍然以最挺拔的姿態傲立，最貪求的心理汲取營養，什麼閒言碎語，都絕不放下在內心熊熊烈燒的夢。縱然拼盡全力的綻放短如驚鴻一瞥，也是劃過天邊的剎那火焰。在某種程度上，求索者是最可愛。做著夢努力的人最可愛。他們早在心裏勾勒出　期許的模樣，於是從未間斷過雕塑自己，以昂首的姿態把每個環節小心描繪。昂首，正像爭取陽光的花。足夠幸運的被攝影家或者畫家挑選中，在展覽館以永久的形式保存，即登頂夢想之巔。哪怕不濟，也在花期裏做到了最完美的自己。更何況，不努力就不幸運。

生如夏花，不虛此行。

短暫人生，你是我最溫柔的光

黃小青

　　我從來沒有參加過葬禮，爺爺奶奶外公外婆早在我懂事之前就過世了。

　　我只記得外公去世那年是媽媽一個人回去的，她沒有帶上我，送媽媽上車時我撇著小嘴，心裏有點不開心，現在想來，小孩子那種"又不帶我去玩"的心態真是不懂事啊。

　　幾天後媽媽回來，生了一場病，我記得當時家裏收到好多從外地寄過來的藥，媽媽吃了一盒又一盒。現在想想，沒有去見外公最後一面很是遺憾，我對他完全沒有印象，只在一張全家福上看過外公的容貌，他坐得很端正，一臉嚴肅，舅舅、姨媽們微笑地站在旁邊，很溫馨。媽媽說外公曾經當過兵，年輕時吃了很多苦，而外婆去世得早，這麼多孩子都是他一個人帶大的。但現在那張照片竟不知道去了哪裏。

　　上大學後，喜歡的人的祖父去世了，我看見他把微信頭像換成黑色，觸目驚心，我拿著手機猶豫了很久也不知道該發句什麼安慰給他。而當晚媽媽打電話告訴我一位跟家裏關係很好的奶奶去世了，我當時站在陽臺，忽然說不出話了。一切都很突然，很猝不及防，我就在那刻相信了所謂的"命運"。

大二寒假回家，我正過著吃了睡，睡了吃的懶豬生活，媽媽進門坐在我旁邊，

"我們明天去看看玲姐吧，她生重病了。"

"在醫院嗎？"

"在老家呢。"

"……"

爲什麼不在醫院而是老家呢？我忽然預感到什麼，不敢多問媽媽一句了。

玲姐從輩分上是我姐姐，但是我們年齡差了幾乎 30 歲，實際上她跟我媽媽一樣大。而她女兒跟我一樣上大學了，平日相處時我都不知道怎麼叫玲姐女兒，乾脆以姐妹相稱。

妹妹性格很像玲姐，小時候來我家時，總是安靜地坐在一邊，問她話時她會突然漲紅臉，一雙圓圓的眼睛躲閃著不敢看人，一臉不知所措的可愛模樣。玲姐會把她從身面拉出來，溫柔地對她說"快回答呀，問你話呢"，妹妹又躲後面去，玲姐笑著看她，一臉寵溺。每次我都看出神了，好羨慕。

後來我們都長大，妹妹還是愛躲玲姐身後，玲姐的髮型從直髮再到大波浪，漸漸顯露銀絲。她笑起來眼角

有幾條淺淺魚尾紋，我很愛看著她，卻不怎麼敢主動跟她說話，媽媽當著她面說我的不是時我簡直窘得要死，後悔沒有做個乖乖女兒，玲姐又笑，

"她學習好呢，將來會對你很好的。"

"她脾氣臭，要是像妹妹一樣聽話就好了。"媽媽永遠不忘數落我。

老家在一個小島上，以前要坐船，現在新修了橋，坐車可以直接到。玲姐丈夫來接我們，一路上話很少，我偷偷看他的側臉，滿臉倦容。

下車後他帶著我們拐了很多小路，才到了。我抬頭看到爸爸站在路邊，他也看見我，問我吃早餐沒，笑得有點勉強。

"快進去看看玲姐。"

"好。"

我踩著沙子路，心情像一團亂糟糟的毛線。

屋子很多人，有點暗，我沒跟其他人打招呼，拉著媽媽的手徑直進了房間。

房間也很昏暗，角落布滿蜘蛛網，瓦片透著點點日光。空蕩蕩的房間中央放著一張狹小的床，玲姐躺在上面，打著點滴，被子很舊。妹妹坐在床邊的凳子上，不說話，只是盯著她媽媽看。

我走到床邊，妹妹輕輕喚"媽，媽，姐姐她們來看你了。"玲姐微微睜開眼，略浮腫的臉露出了我無比熟悉的笑容。我不敢大聲呼吸，握著她的手，第一次輕撫她的溫柔臉龐，摸她夾雜了銀絲的大波浪頭髮。她眼睛

微微張著，嘴唇泛黃。媽媽開始和玲姐講話，我緊握了一下她的手便出去了。

回去的時候我們坐了船，那種最慢的船。天氣轉陰，海面起大霧了。我站在船的最高處，清冷的、黏黏的海風吹在臉上，鼻尖有點冷。灰白色的海鷗們在船尾盤旋，白色的浪花一大串一大串不斷出現又消失。前方漸漸出現了城市的輪廓，海濱公園的新添的摩天輪若隱若現，新的一年就要到了。

快到春節那幾天我安靜地在家看書，媽媽滿臉興奮地告訴我玲姐病情轉好了，現在送到了附屬醫院治療。我和媽媽立馬去醫院，24 樓的病房裏光線非常好，玲姐坐在床上喝粥，旁邊桌子上堆滿了水果，看到我們她笑著伸出手，眼睛裏盡是笑意。

我的心情好了大半個月，新的一年就這麼來了，我覺得一切充滿了希望。

正月過完後的一天，爸爸疲倦地從外面回來，我看著他不敢說話，平時的爸爸都是笑嘻嘻的。

“玲姐走了。”

我坐著不動，瞬間說不出話。

在醫院的 24 樓我看見精神煥發的玲姐時，即便知道她是胃癌晚期，我也相信我看見了奇跡。

然而事實上這世界並沒有奇跡，有的是我們的自欺欺人和一廂情願。我無比無比想再一次看見她溫柔的笑，那頭長長的大波浪頭髮，甚至眼角那淺淺的魚尾紋。她帶著我這輩子最憧憬的溫柔長眠地下，永遠。

　　很多次從夢中哭醒，夢境裏總是有重要偶的東西不見了，怎麼找也找不回來，有時候是一個人，有時候是一件什麼物品。自高中以來我再也沒有失聲痛哭過，然而在夢裏那種失去帶來撕心裂肺的痛壓抑不住，哭醒後的我像受刑一樣又累又難受。

　　人會長大，會蒼老，會消失，每個人大概都是一顆流星吧，在別人璀璨的年華裏留下了炫目的光，轉而消逝。而幸福是什麼呢，擁抱這道光，然後帶著這份溫馨璀璨的記憶活下去，我想這大概也是幸福吧。

　　妹妹上大二了，暑假回家，聽姑媽說她興沖沖地準備著去香港看演唱會，我想像著溫柔害羞的妹妹在喜歡的歌手前一臉開心的樣子，應該也很可愛吧。

蘭陵遺夢終成煙

王夢琪

　　烽煙疊起的亂世往往能造就曠世英雄，青史一頁書寫夢一般的華麗傳奇。

　　總有一首蘭陵的哀曲瀟肅了南北朝寂寞的秋夜，命若飛蓬的時代裏傳奇也抵不過殘酷的現實，夢破的瞬間匆匆劃過記憶的軌跡，那抹風華絕代的背影在金戈鐵馬的破陣吶喊中漸行漸遠。

　　翻閱沉重的歲月之書，沾染塵埃的過往落定在英雄孤獨的背影上，那曾是鮮衣怒馬的少年，如幻光年，肆意風華。可天使偏愛絕世的人物，總在不經意間殘忍終結一段無法複製的生命。自古英雄多薄命，他誓死守護的北齊王朝，他深深眷戀的點兵沙場，皆在毒酒一杯中消失殆盡。遺恨如水，滔滔東流；繁華靡麗，過眼皆空。高長恭，一個站在高山之巔俯視眾生的少年將軍，用一生譜寫了最俊美的曠世輓歌。

　　歷史上南北朝戰爭不斷，政權更迭，民不聊生，這是一個野哭千家、飽受苦難的時代。亂世需要英雄的誕生，他便是這亂世的流星，燦爛如花，驚豔了時光。紅顏枯骨，在這個動亂的時局中，他保持著如水的本真，卻最終無法逃離帝王家殘忍的命運。這是爲王的悲歌，這也是歷史的哀鳴。

鄴城俊才最少年

出身於尊貴的帝王之家，他是名傾天下的帝王之子。鄴都春深，他是京城最明亮的少年，十八歲時封王，名號蘭陵。俊秀如他，白衣烈烈，謦笑之間，才情肆意。攜一折竹簫，桃花林外，摯友三五，些許美酒，談笑之間，如陽明媚。都說水是最純淨無暇的，那倒映在水中的背影，掩映在萬水千山中，渾然一體，卓然超群。

他是皇家子弟，深諳重責在肩，習武修身，一切皆爲守衛父輩打下的萬裏江山。他是少年將軍，點兵沙場，治軍有方，展現出他傑出的軍事才能。他雖貴爲皇族，但生性隨和，待人和善，身先士卒，與出生入死的將士們結下了深厚的情意。無論走到哪裏，他都是黑夜中的明星，熠熠生輝。

秋月寒雨，江山不寧。鐵衣著身，長戟在手，他有俠的風骨流韻，有士的心兼天下。他深愛著這片生養他的土地，一生夢想與志向都爲之升騰。一腔熱血，意氣風發，正是少年時。或許他也曾想做一名城中倜儻風流的貴族公子，但骨子裏流淌的帝王血液喚醒了他精神深

處的激情，一種源於歷史的使命感讓他選擇了自己應走
的道路。

正是這個選擇，他的生命才沒有埋沒於滾滾紅塵中，
即便短暫，依舊絢爛。

蘭陵一曲真名世

江山難守，更何況又逢亂世。當重鎮洛陽告急之時，
朝野上下，他毅然站出，身率將士前去解圍。北周幾萬
大軍壓境，敵強我弱，勢力懸殊。臨危不懼是他的本色，
那張清俊的面孔透露著一抹堅毅。與斛律光、段韶等老
將商議後，他親率五百騎兵衝破北周防衛。

他是人們心中的戰神，不折不扣。白衣銀甲，手執
八尺畫戟，穿梭於敵軍之間。戰馬嘶鳴，一聲長嘯，揮
戟斬殺的一剎那，黑髮揚起，繚亂了眾人。他的英勇激
發了北齊戰士們的激情，邙山大捷，以少勝多，擊退周
軍，這場戰役便載入史冊，光輝永存。浴血的白衣在斜
陽下染上一抹沉寂的金色，絕世獨立的背影隨著時光的
流逝漸漸拉長。

蘭陵入陣，所向披靡，邙山之捷更使他名揚天下，
爲北周等國所忌憚。其後突厥犯境，蘭陵再次出陣，揮
師白狼城下，斬落突厥大旗。俊美的容顏讓他的戰場上
實在突兀，他便戴上一魁魁鬼面，猙獰可怖的獠牙震人
心魄。當長戟舉起的那一刻，註定了這場戰役的勝利。
白衣鬼面，宛若神明，他爲北齊帶來了凱旋，帶來了勝

利，他祈願這萬裏江山擁有盛世太平。

蘭陵一出，戰無不勝，因此在北齊軍營中流傳著一首曲子，名爲《蘭陵王入陣曲》。鼓笛相交，隆隆的鼓聲下夾雜著悠揚的笛聲，威猛雄壯下細細品來，繚繞著一抹獨特的柔情，配合著節奏有致的踏地聲，將士們放聲而歌。這位傾城無雙的少年將軍成爲世人歌詠的對象，這首絕世之音唱響了他的一生的同時，卻又使他走向了命運的終結。

最是帝王家無情

史書中記載北齊的皇帝大都冷血殘忍，多猜忌，殺人如麻。在這個汙濁的世界中，高長恭亦是逃不過註定的結局。自古帝王家無情，面對勇武無懼的北周大將尉遲迥時，他未曾戰敗，而誰曾料想到，他此生卻敗給了無端的猜忌與讒言。

當皇帝高緯親眼見到那首雄壯勇武的《蘭陵王入陣曲》時，他深刻意識到，這位與他有共同血脈的蘭陵郡王給他的皇位帶來了巨大的威脅。縱然蘭陵王立功無數，但是正是因爲過高的名望，讓高長恭一生都在守護的皇帝心生猜忌，最終高緯賜下毒酒一杯。

皇恩太薄，縱然英雄曠世，又怎留住？苦笑一聲，含淚飲下，他所期盼的繁華盛世怕已是無望。身體滑落的瞬間，他彷彿又看到了曾經戰場上的自己，鮮血染紅了那襲白衣，夕陽下著上了濃重的落寞。回首平生，過往如雲煙一般，匆匆來過，又匆匆逝去。到頭來，盛世江山終究不過是浮夢一場。

幾年後，北齊爲北周所覆滅，這是註定的結局，是無法改變的歷史。風華絕代的身姿隱沒在奔流不息的歷史長河中，萬裏江山總是情，他將他的一生都獻給了這個國家，他渴望的盛世繁華最終化爲泡影。黃泉碧落，他站在群山之巔瞭望這片曾經擁抱過的大地，遺恨綿長。

蘭陵王高長恭，他是一個傳奇，戰神一般的人物。蘭陵入陣之曲流傳千年，漂洋過海，傳唱至今，在今天的日本發展爲一首著名的雅樂。這位絕世無雙的少年將軍，以風一樣的姿態闖入紅塵，以水一般的情懷擁抱江山。白衣烈馬，少年風姿，宛如啓明之星，綻放在黑夜初曦下。

他的一生流逝在風煙中，帶著盛世的祈願，又帶著無盡的怨恨，絕世的背影終究成爲歷史長河中的水滴。秋月之白，夜露清寒，那抹悠揚的簫聲纏綿了永恆的深情，這萬裏江山，縱然帝王無情，依舊不悔一生。

曲終，風煙已逝，爲詩一首以寄之：

> 帝室良才盛名曠，平生宕逸素襟昂。
> 白狼斬纛臨幽地，邙嶺揮師向洛陽。
> 鬼面玉容神戰影，雄姿銀冑戟斫強。
> 皇恩自古留不住，夢斷江山遺恨長。

上善若水

王夢琪

　　上善若水。水善利萬物而不爭，處眾人之所惡，故幾於道。居善地，心善淵，與善仁，言善信，政善治，事善能，動善時。夫唯不爭，故無尤。

　　　　　　　　　　　　—— 老子《道德經》第八章

　　特別喜歡水，透明的顏色，於無形之中蘊育有形，在這個世上它是一個獨特的存在。她看似柔弱無骨，卻又堅韌剛強；纏纏綿綿是她的性格，風風火火亦是她的本能。俯瞰整個地球，透明的顏色變成夢幻的藍，在這些夢一般的藍色中，鋪撒了燦爛的文明。

　　水者，萬物之本源，諸生之宗室也。九曲黃河，萬裏長江；百川赴海，永不止息。在她的恩賜下，無數生靈得生存，文明之花得綻放。花開花落，雲卷雲舒，她用溫柔的目光注視人間，揮灑甘霖雨露，潤物細無聲。飄渺穿梭於玄空天地，隨風在陽光下跳躍嬉戲，歡騰的腳步打濕了空氣；傲然挺立於崑崙山巔，春意漸濃時融作一汪甘泉，滋養乾涸的土地。本態三元，或動或靜，神形不滅，無論以哪一種形式存在，她都像神靈一樣撫育萬物，超度眾生。

細細追尋水的本質，內心不禁會被水作為萬物之本的高尚魅力所打動。道家一向追求自然無為，順應天時，而水正是從天地誕生起便自然存在的事物，海納百川，有容乃大。她能以千軍萬馬之勢席捲大地，亦能滴水穿石、以柔克強。陰陽兩法，化無形於有形；厚德載物，弱水亦力量無窮。這就是水的境界。

老子審視水，於水中求道，發出"上善若水"的感歎。水不與萬物相爭，利萬物於無聲，隨處可見，似又無跡可尋。謙卑如她，不羨不爭，不媚不諂，堅守著既定的命運，亦是執著於冥冥中許下的無法超越的誓言。世間哪有一種東西能像水一樣，把血液毫無保留地注入大地。勤勤懇懇，始終如一；大道之行，至善哉！

何為"善"？恐怕連智慧之王所羅門都不能給出全面的答案，但道家所講的"上善若水"卻能讓我們觸碰到善的影子。水，以包囊萬物的廣闊胸懷樹立在歷史的記憶裏，洗禮眾生，滌蕩精魂。臨水而立，將自己融入浩瀚廣闊的大江之中，當身體漸漸下沉時，就會發現這水充滿靈性，以昊天博物的姿態擁抱生命。審視世界，若想在眾生紛紜中探求善的真諦，就必須懂水，格物致知，從水中尋得善的靈魂。

每一個時代都會造就至善的人，青史的每一頁都會記得那些最璀璨的歲月，他們擁有水的品質，擁有水的胸襟，擁有水所賦予他們的誓言。一切的一切，他們都用生命詮釋著人間大善。

生於水，死亦歸於水。他是楚水蘊育的智者，卻遭到俗世殘忍的拋棄。他的魂徘徊在汨羅江上，彳亍著，久久不肯離開。滄浪之水，清斯濯纓，濁斯濯足，自取之也。紛亂之世，屈子選擇了大義，投水以死明志，只爲心中的那份忠貞赤誠。楚國生死存亡之秋，撕心裂肺的吶喊又有誰能聽到？君主不明，小人讒言，流放的路途上依舊不忘祖國百姓。舉世皆濁我獨清，衆人皆醉我獨醒，到頭來一片丹心皆惘然，那縱身一跳間折射出的善義光耀古今。水是他的歸宿，收納了他的靈魂，飽藏善的精義，淨化了人世間一切的汙濁；從善之舉，兌現了他對天地的諾言。生命光輝的背後所體現的這份上善，萬古千秋永不朽。

溪流匯通而出，形成浩瀚長江，一路狂奔直下，前赴後繼，最後卻將激流勇進化作泛泛漣漪，直至死水般平靜，悄無聲息卻勝似有聲。隱士往往都具有水似的精神與品格，不出則已，一出驚人。

想那南陽諸葛廬，孔明心懷天下，滿腔熱血注入一汪深潭，波瀾不驚的水面下卻驚濤駭浪。爲人善，治世能；得天時，聚人和。鞠躬盡瘁，死而後已，這豈不是一種普世的上善？從《三國志》到《三國演義》，世人對諸葛亮的評價一直很高，更視他爲智慧的化身，並不僅僅是他的治世才能，更多的是他的人格魅力讓他名留青史。臥龍在淵，騰飛之際，不僅爲報答玄德三顧茅廬的恩情，更是出於太平天下的渴求和對衆生的牽掛。窮則獨善其身，達則兼善天下。隆中之對，出師一表，這個水一般的男子，傾其一生去完成歷史賦予他的使命；生命短暫，從善之道，天下興亡皆一肩挑，最後一刻仍踐行著對蒼生的誓言。

用心血澆灌的土地，用一生守護的國家，誓言的實現需要始終如一的執著。從廣東到伊犁，貫穿了整個中國，民族英雄光環背後是他如水般坦蕩至善的一生。

虎門銷煙，奮力抗英；一腔正氣，抵禦外侮。然而英軍壓境，軟弱無能的清政府爲了求和，罷了他的官，將他發配到新疆伊犁。誓死爲國效力的忠義之士卻遭流放，這是時代的悲劇。然而林則徐並沒有　被現實打倒，他忍辱負重，生命的每一秒都在爲中華大地、黎民百姓燃燒。苟利國家生死以，豈因禍福避趨之，民族氣節、愛國情操盡現於此。清操厲冰雪，欲拯救天下蒼生於水火卻生不逢時，遭遇不幸，經歷重重苦難亦未曾屈服。他就像天山上傲然獨立的冰淩，粉身碎骨全不怕，但留清白在人間。水遇寒成冰而愈堅，當朝陽灑在冰淩上的那一刻，煥發出的奪目光輝照亮了歷史前行的道路。上善若水，無論哪一種形態，都是一樣的強韌。

三個如水般的男子，在個人與國家之間做出選擇的時候，他們毫不遲疑，義無反顧地選擇了天下蒼生。大善之道，在於普世的關懷，就像是長江延綿千里，無數支脈哺育了江南大地。生如夏花之絢爛，那些同樣有著水一般品格的人們，都被永久鐫刻於歷史的石碑，生命意義的實現在於那一段段奪目的瞬間。

往往微小處能通透真意，不經意間就會顛倒乾坤。千回百轉，如今，世人常被迷霧蒙蔽雙眼，辨不清孰對孰錯。金錢物欲化爲浮萍雜草，淹沒了水最初的模樣。太多誘惑、太多浮躁充斥著這個社會，我們逐漸陷入俗世的泥淖，抱怨著丟失了本真，卻從未想過如何脫身。

"積水成淵，蛟龍生焉；積善成德，而神明自得，聖心備焉。"天下至美在於美的彙聚，夢想的實現在於共同的努力。過往已成歷史，創造未來更在我輩。少年善則國善，少年之力足可改變未來的軌跡。或許，我們是時候用水洗濯眼睛，去發現身邊的真善美，去尋找上善若水的真諦。

蜉蝣人生，世間百態，想在茫茫人海中遇到水一般的人，需要千年、萬年甚至更久的修行。蠟炬成灰，生命的灼燒只爲照亮世間正道；名利在他們眼中不過是飄揚的柳絮，他們所追求的卻是三月最溫暖的陽光。擦肩而過的人總是最不起眼的，但往往這些無名的背後是深沉如海的情思。上善若水，淡雅如蘭，能在短暫的時光裏遇到水一般至高的善人，可謂三生有幸。

九州大地，正因有水的存在，才得以燦爛繁生。歷史征途上長路漫漫，大江所赴，中天盡寬，誰能一笑中辨明是非、讀懂真善？光陰荏苒，每一滴水都細細勾勒大地的骨脈，任由滄桑變幻，有水處就會蘊育至善的靈魂。上善若水，利萬物而不爭，至善之道隱於紅塵。人生如逆旅，我亦是行人，每一個匆匆而過的旅客或多或少都會留下水的印痕，當滴水成海時，天下大道、至善之境將不再是夢想。

時光之絆

易 明 皓

一、子　敬

"喂，快點挖啊笨蛋。"

"好、好的老大！你說這有錢人家的孩子也難當啊，這傢夥年紀輕輕的居然就被…"

"少說點！拿人錢財替人消災，今天這件事如果走漏了風聲小心我…"說到這那個"老大"舉起右手伸出大拇指在胖子的脖子邊一劃。"我們什麼都不知道，知道了嗎！"

胖子感覺脖子一涼，趕忙連聲說道："知道啦知道啦。"

接著他們倆把旁邊的一個麻布袋拖進了早就挖好的坑裏，填上土之後還裝模作樣的拜了拜，口裏還念叨著："早日投胎啊，以後別來找我，不關我們的事。"

我看著他們兩個覺得好笑，明明那個人站在它們後面卻往前拜，我走過去拍了拍他們的肩膀。

　　"老、老大，我怎麼感覺人在拍我的肩啊，不、不會是"胖子冷汗直冒，腿也哆嗦了起來。"怎、怎麼可能，現在可是二十一世紀了，建國後不是不…啊啊啊啊啊啊啊啊鬼啊！！"兩個人驚恐萬分地望向了我，接著拔腿就跑，我還沒來得及出聲，他們倆就已經竄出幾十米遠了。

　　我手裏舉著剛剛從那位"老大"口袋裏掉出來的手機感覺哭笑不得，明明只是想把手機還給他們，結果還是把他們給嚇跑了，這可真不知該說什麼好。

　　他們一走，山上就只剩下我跟對面站著的兩個了，他從一開始就一直好奇的盯著我。我打量著他，看上去也就是個大學生吧，穿著簡單但是難抵氣質出眾，一看就是個有錢人家的孩子，還有這臉長得…怎麼會覺得有些眼熟？腦子裏閃過這個想法時我自己都被嚇了一跳，明明因爲死了太久已經前塵盡忘，居然還會覺得別人長得眼熟，豈不是好笑。看他沒有說話的意思，不會被嚇傻了吧。

　　"喂，小子，你知道你現在是什麼狀態了吧。"我問他。

　　"知…知道。"他看了看剛剛被填上的那個坑，說："我已經死了吧。"說完他低下了頭，看上去有點可憐。

　　"誒，你知道就好，人死不能復生，現在的當務之急就是，快點去投胎吧。"

　　管他可憐不可憐，雖然看那兩個人的作爲這小孩一準兒是被害死的，但是跟我有什麼關係，只要他趕緊離開不要打擾我等…等什麼？

記憶缺失就是有這點小毛病。反正不管等什麼，我喜歡一個人呆著。

"這是我的地盤，知道嗎！"我惡狠狠的說。

"可是我被埋在這又走不了，而且我也不知道要怎麼去投胎。"他顯得十分的無辜。

"你去山腳下晃晃，鬼差經常來找沒有投胎的孤魂野鬼。"給他支完了招，我繼續曉之以理："這人的靈魂是很脆弱的，如果被什麼精怪吃啦或者受了什麼損傷，可就入不了輪迴了，所以你可要抓緊了。"

我望著他，十分誠懇的說道，看著他我總覺得自己情緒有些不對勁，直覺應該離他遠點。

"那既然這麼危險你為什麼不去投胎呢，你穿的這一身衣服，應該是明代的吧，這麼多年應該有很多機會去輪迴吧。"他邊問邊朝我走了過來。

我吃驚地盯著他，卻不知道該如何回答。對啊，我為什麼一直沒有去投胎呢，已經太久了，我甚至忘記了自己叫什麼，是怎麼死的，為什麼會停留在這裡。明明是早該意識到的問題為什麼我一直把他們忽略了呢，恍惚間腦子裏傳來一個模糊的聲音"我相信你"。

我相信你，這是我對誰說的。等我想繼續抓住點什麼的時候卻發現腦海裏又跟從前一樣變成了一片空白。

可能是我的臉色突然變得不是很好看，他覺得自己可能說錯話了，連忙拍了拍我的肩膀，擺出一個大大的微笑：“我知道啦，以前看過的鬼故事都是說如果一個人生前有什麼心願沒有完成，死後就不會投胎，變成鬼魂在人間遊蕩，你可能只是心願未了啦。”

我看著他的笑臉心裏對未知的不安漸漸平靜了下來，心願未了嗎，但是我都已經將它忘記了，可能也不是什麼重要的事吧。

冷靜下來之後突然發現這小子居然已經坐在了自己的身邊，一隻爪子還搭我在身上，我頓時從坐著的石頭上彈了起來，然後大聲說道：“喂，我們很熟嗎，你跟我套什麼近乎呢。”

“熟呀，剛剛不是還一直聊著呢嘛。”他衝我眨了眨眼，語氣頗有一點無賴。

想我堂堂幾百歲的鬼了居然被一個十幾歲的小鬼頭牽著鼻子走，我頓時有點悲憤，正想教訓教訓他什麼叫尊重前輩，卻發現他的表情突然變得悲傷而且無助起來。

看著他這副樣子，再多的話我也說不出口了，他畢竟年紀輕輕，大好的人生還沒來得及展開就已經戛然而止，說實話命運對他確實不公平。

想到這我有一點心軟，歎了一口氣，安慰他說：“你也別太傷心了，下輩子好好投個胎，再過十八年又是一條好漢。”

所以快去投胎吧，別在這煩我。這是我的潛臺詞。

但他好像根本沒聽我說話，一瞬間好像又想到了什麼一般，用他彷彿小狗般的眼神望著我，扯著我的衣袖說道：“我好像知道了，我也有最後一個願望，我想知

道到底是誰殺了我，知道了以後馬上就去投胎，你幫幫
我吧！」

「真的嗎？」理智要我趕緊拒絕，但是不知道爲什
麼大腦好像忽然控制不了我的意識，脫口而出：「就這
一個願望，你要說話算話啊。」

幾乎是剛說出口我就後悔了，我好像給自己找了個
大麻煩！

「謝謝你！」他的眼神一亮，直接抓住了我的手上
下晃動：「我就知道你是個好人，放心吧我也會努力幫
你完成你的心願的。到時候我們兩個一起去投胎，說不
定還能一起長大成爲好朋友呢。」

前後情緒轉換的沒有一點點防備，讓我深深地懷疑
他到底是不是真犬然。

雖然直覺感覺自己好像掉他坑裏了，但是已經答應
了的話沒有收回的道理，我警告他：「我的事就不需要
你操心了，我會幫你找出兇手，但是不管怎麼樣你們已
經不是一個世界的人了，所以說你不能干涉他的命運，
不然你會受到更嚴重的反噬。作惡多端的人自會受到應
有的懲罰。」

「恩恩恩。」他答應的飛快：「你放心吧我不會報
復的，其實我就是想滿足一下自己的好奇心，我還一直
以爲自己挺受歡迎呢，沒想到還有人這麼恨我。」他撓
了撓頭，又擺出一副人畜無害的樣子。

我看到他這副自戀的樣子，不禁翻了個白眼，並不
想理他。

"我叫周子敬"他對我伸出手來。

"幹嘛。"我用拍了一下他的手掌。

"額。"他頓了一下。"也告訴我你的名字嘛，要不然我怎麼稱呼你呀。"

我的名字？對啊。我叫什麼來著。我狠狠地瞪了他一眼，都怪這傢夥，弄的我今晚上想的問題可能都抵得上前面幾百年之和了。"不告訴你。你就叫我前輩吧。"

"那怎麼行啊。"周子敬說："你看上去也就才二十出頭吧，我可不能把你喊老了，不如就叫你大哥吧，大哥。"

他叫我大哥的時候，我又恍惚了一下。感覺自己好像從身體裏脫離了開來，從旁觀者的視角看著自己，"我"在跟一個人說著話，他比我矮一點，穿著青色的長衫，臉…臉卻一片模糊，我不管怎麼努力的看，都看不清晰。周邊的建築古色古香，我確定自己對這個場景沒有任何印象，所以他應該是我生前認識的人吧。"珩哥。"他是這麼叫我的。

所以說我應該叫什麼珩嗎，我目光複雜的望著身邊的少年。

已經兩次出現記憶的回溯了，這不可能是巧合。以前彷彿上了鎖的記憶之門似乎因爲周子敬的出現產生了鬆動，我不知道這是好還是壞。

其實我一直存有疑問，明明我的執念已經強到可以讓自己在人間停留六百餘年，卻偏偏忘記了生前的事，這明顯是一個悖論，而且我有一種感覺，只要揭開了這個悖論，我就可以得到解脫，重新進入輪迴，而現在可能是能給我答案最好的機會。

我的時間已經停止的太久，或許是時候讓時針重新開始轉動了。

二、尋　因

月光灑落在重重的林蔭上，透下斑駁的影子。借著月光，我掏出那兩個人掉的手機，給周子敬翻看通話記錄。

"話說大哥你確實是個古代人吧！"周子敬看著我熟練的打開手機嘖嘖稱奇。"真的好現代化好厲害啊。"

我嫌棄的瞟了他一眼，我好歹也存在了這麼多年，比你這十幾歲的小屁孩知識不知道豐富到哪去了好嗎。不要小看古代人啊，少年。

"你看看這裡面的通話記錄，有沒有你認識的人，剛開始那兩個人口口聲聲說要你別找他們的麻煩，估計兇手是另有其人。"

他點點頭，拿過手機，開始翻起了通話記錄，翻到某一條時記錄，他的面色突然一變。"哥哥！"周子敬不敢置信地驚呼道。

"什麼？你哥哥。"我也有點驚訝。

"嗯，這是我同父異母的哥哥的電話。"他解釋道。"不過好像前幾年他就已經不用這個號碼了，我還以為已經註銷了。我哥是我爸爸前妻的孩子，不過離婚的時候判給了我爸，他比我大三歲，我們兩個可以說是一起長大的。"

　　有錢人家的兄弟，前妻生的孩子，雇傭埋屍人手機中的電話…我覺得事實基本上已經擺在了我們的面前。

"你…"我有些不知道該說什麼，畢竟是一起長大的哥哥，這情節展開堪比八點檔狗血劇。

　　"不可能的。"周子敬知道我在想什麼，一臉堅定地望著我。"不是你想的那樣。"他以更加確信的口吻又重複了一遍。"雖然我知道在恒哥心裏我不是一個重要的存在，但是要說是他雇兇殺了我，我是絕對不會相信的。"

　　"我要去見他，當面問清楚。"周子敬對我說。"幫幫我吧，大哥。"

　　"幫幫我吧，大哥。"這句話一說出口，我們兩個都愣住了。好像這句話我已經聽過很多很多次，一種熟悉的感覺油然而生，我的身體先於意識作出了回答："好吧，我總是不能拒絕你的。"

　　雖然作為靈魂體不能離開自己的原身太遠，但是如果有一定的媒介，理論上還是可以去到一些比較遠的地方。比如現在，我和周子敬就在以向四面八方伸展的電線作為媒介，尋找他的家。

　　一路上我們兩個都沒有說話，實在是剛剛情況過於尷尬，一時間不知道要如何打破僵局。

　　"你…"我們兩個同時開口。

　　"你說吧。"其實我也沒想好到底要說什麼。

　　"我們是不是以前認識啊！"他特別興奮："一看見你我就有一種特別安心的感覺，就像真正的哥哥一樣！"風吹起他額前的頭髮，月光下他的眼睛比星星還閃亮，彷彿能觸到我心裏最溫柔的地方。

　　但是我可是不會承認自己看他很順眼的。"切，誰要跟你那個不管事的哥哥一樣啊。要是我有弟弟的話，我一定會好好保護他，不會讓他受到任何傷害的。"本能般的宣言，我不知道這句話是替現在的我還是以前的我說的。

　　"噗。"他突然笑了起來。"我知道了，大哥你就是那種傳說中口嫌體直的傲嬌派吧。"說完更是笑的停不下來。

　　我直覺他說的肯定不是什麼好話，但是看著他這麼開心，我不禁嘴角也微微上揚了起來。

　　"到了。"在飛了大半個晚上之後，我們到了一棟別墅前。

　　這就是周子敬的家嗎？還真是夠遠的啊，看樣子兇手還真是煞費了一番工夫才把他運到我呆的那座山上去的。

　　"進去吧。"我說。但他好像突然想到了什麼一般："對了！不是普通人見不到我的嗎，那可怎麼辦啊。"

　　"你可真夠後知後覺的。"我抓住機會趕緊嘲諷一波："畢竟你還剛變成鬼，是肯定不能像我一樣擁有實體化的能力的，不過…直接託夢不就行了嗎，笨蛋。"

　　"大哥真厲害！"他迅速開啟吹捧模式。

"囉嗦。"

我們直接從窗子裏飄了進去，來到了周子敬他哥床邊，我開始打量面前的這個男人。嗯，睡夢中還緊緊的皺著眉頭，一看就是一個非常嚴肅的人。房間可以說是一塵不染，看樣子是個處女座。但是有一點讓我感到疑惑，"你跟你哥還真不像啊。"我回頭對周子敬說。

"對啊。"他點點頭。"從小別人就說我跟我哥哥長得不像，可能是我們都跟媽媽長得像吧。"

我總覺得事情可能沒那麼簡單，但是沒時間管那麼多了，因爲離天亮只有不到兩個小時時間了，天一亮我們就必須離開。"走！"我拉起周子敬，直接進入了床上人的夢中。

三、入　夢

"誒，我們這是入夢了嗎？怎麼還在這啊。"

剛清醒過來，就聽到身邊的人在大呼小叫。我仔細地打量著周圍的環境，我們確實還在周子敬的家，但是我轉頭看向牆上的掛曆，嗯，不過時間好像是十年前。

不遠處，一個孩子貼著門，好像在偷聽裏面的人說話。那個孩子應該就是周子敬的哥哥了，他應該在回憶自己小時候的事。我拉著周子敬躲到了另一個方向，雖然離那個房間有些遠，但是因爲裏面的兩人情緒過於激動，我們還是能聽見他們說話。

"你說，周子恒到底是不是我的孩子！"

　　"是啊，怎麼會不是。"說話的女人聲音尖利："你不要想拋棄我們母子就往我們頭上潑髒水，我告訴你，他就是你的孩子！"

　　"哼。"男人冷笑一聲。"我看你是不見黃河不死心。"說著好像把一疊東西扔在了地上。

　　過了一會兒，房間裏就只能聽見女人的哭泣和告饒聲了，看見男人不爲所動，屋裏的女人歇斯底里地吼道："好啊！你就把我們娘倆趕走吧，我一出這個們就帶那個小雜種去死，你就等著給他收屍吧，哈哈哈哈。"

　　我跟周子敬對視了一眼，我見他臉上寫滿了不能置信，看樣子他父母一直瞞著他這件事。

　　接著屋裏的男人說話了，語氣非常的失望："我本來想給你一次機會的，但是看樣子你根本沒有資格當一個母親，你走吧，子恒他不管從前還是以後都會是我的兒子，但他沒有你這種不要臉的媽！"

　　聽完這句話之後我們再繼續等下去，屋內都沒有聲音了，我們從房間裏走出來時，正好看見走在我們前面的周子恒，看樣子夢境已經轉移到他初中時候了。

　　他好像正要走向客廳，我們跟了過去，就看到客廳的沙發上坐著小時候的周子敬和一個看上去非常溫柔的女人。

　　"那是我媽媽。"周子敬在我旁邊說道，眼睛卻沒有離開過她。

　　"寶貝，聽話哦。"周子敬的媽媽抱著小周子敬，好像在哄他。"哥哥很可憐的，他從小親生媽媽就不在自己的身邊了，所以你作為弟弟不應該跟他搶東西呀。你要是喜歡那個奧特曼，媽媽週末帶你去再買。”接著就在小周子敬臉上親了一下。

客廳裏的歡聲笑語襯得暗處的周子恒越發孤寂，而他的手，正緊緊的抓著一個奧特曼的玩具。

然後氣氛一變，周子恒的夢又發生了變化，我們離開了別墅，來到了一個簡陋的公寓。公寓裏面一片混亂，垃圾、換下來的衣服四處亂扔，連站立的地方都幾乎沒有。

忽然，開門的聲音響了起來，我和周子敬直覺似的躲在了玄關後面，進來的人是周子恒，看上去跟現在的年紀已經相差不大了。

他打開了臥室的門，對裏面喊了一句："媽媽"。

從房間裏衝出了一個蓬頭垢面的女人，對著周子敬就是一巴掌，然後對他吼道："你來幹嘛！我沒有你這種兒子，你看你樣樣都比不上那個賤女人生的兒子，我要你有什麼用。這輩子最後悔的事就是生了你，你跟你那個親爹都不是什麼好東西，我的人生就是被你們給毀了！"

這個女人應該就是第一個夢裏說話的人了，有這種媽，周子恒還真夠倒楣的。明明都是自作自受，但她偏偏要推到別人的身上。看到旁邊的周子敬都要氣的直接衝上去了，我趕忙拉住了他的手，示意他再等一會。

忽然她好像想到了什麼，笑了起來，用手撫摸著周子恒的臉，喃喃道："總有一天我要殺了那個賤女人的孩子，然後我的孩子就是那個家唯一的繼承人了。好不好啊，子恆。媽媽一定會為你拿回屬於你的東西的。"

"你瘋了。"周子恆抓起了女人的手大力甩開了她。"醒醒吧。子敬有子敬該得的，我想要的東西全可以憑自己的努力，我們不需要拿他們家的任何東西也一樣可以活的很好！我先走了，你好好休息吧。"

直接摔門離開的他沒有看見倒在地上女人陷入瘋狂的笑容，留下來的我和周子敬卻看得一清二楚。我想她應該是真的瘋了，一陣毛骨悚然的感覺不禁爬上了我的身體。

"原來是這樣，那一切就能說得通了。"周子敬神色複雜的轉過頭來對我說："我們可以回去了。"

但我們還沒來得及離開，卻發現了周子恆的夢境又轉換了，我們回到了他的臥室，但與之前不一樣的是，周子恆本人正端坐在臥室的椅子上，彷彿在等待著我們的到來。他靜靜地望著周子敬，彷彿鬆了一口氣般的喟歎道："子敬，你終於來了。我一直在等你。"

"什麼都不用說。"周子敬的微笑沒有一絲溫度。"我都知道了，你好好照顧咱們爸爸媽媽，永別了。"說著就直接拉著我離開了周子恆的夢。在最後離開之前，我好像隱隱約約聽見了一聲："對不起。"但是周子敬沒有回頭。

"怎麼回事啊！"我出來之後還是感覺雲裏霧裏。"你們兩兄弟打什麼啞謎呢，知道是誰殺了你啦？看樣子跟你哥哥確實沒有關係。"

　　"哎呀大哥你也太后知後覺啦，總之就是周子恒他媽媽買兇殺了我卻顧頭不顧尾，周子恒爲了包庇他媽就找人把我處理了唄。所以我們拿到的手機裏才會有他的通話記錄。剛剛他給我們看他的記憶就是想告訴我事情的真相。"他說的沒心沒肺，但我從他的眼神中看得出他很其實傷心。

　　"你不叫周子恒哥哥啦。"我也不知道該怎麼哄孩子，於是就只能瞥腳的轉移話題。

　　"是他從來沒有真正把我當成過他的弟弟，他的選擇，從來都只是他的媽媽。如果是我的哥哥，一定會好好保護我，不會讓我受到任何傷害，對嗎？"他看著我，卻又好像透過了我看著別人。"而且，其實我也不是什麼好弟弟。"周子敬低下頭，把頭靠在我的胸前。"要是我做錯了事，你會原諒我嗎？"他悶悶地說。

　　"會的吧！畢竟我比你大這麼多呢。"我摸著他的頭安慰道。

　　但是很可惜我們相處的時間了已經所剩無幾了，我沒有把這句話說出口。

四、相　認

　　忽然，陰風怒號，天空中被憑空撕裂出了一條口子，虛空中間走出了兩個人，他們長袍長帽、一黑一白，正是冥府的黑白無常。

　　"呦呵。"白無常看到我之後一驚。"小黑啊，我們今天居然抓了個明朝的靈魂，這個月的業績不用愁啦。」就連看上去非常高冷的黑無常也把目光在我身上停留了好一會兒。

我早就知道，像我們這樣作出幹預人世的事情一定會被他們抓到，強制送入輪迴的。正好省了送周子敬去投胎的工夫，我拍了拍他的肩膀，輕鬆地說：「正好你的願望也完成啦，我們就此別過吧。」

周子敬慌張地看著我，事情發展的太快，他好像有些不能接受。

「但是你怎麼辦，你的願望呢。」沒想到他竟然在擔心我。

我的願望，我的願望大概不是那麼重要了吧。

「自從見到你以來，不知道爲什麼我覺得自己的執念已經慢慢放開了，在世上漂泊了那麼久，我也累啦。不枉你叫我一句大哥，在最後的時間能幫到你，這也是我的願望。」

「不行…不行！」黑白無常直接過來把我們兩個人扯開。周子敬卻突然流出了眼淚，他拼命地掙紮著。「不對不對不對，你的願望應該不是這樣的！」他瘋狂的搖著頭。

我不忍心看他，直接轉過了身。白無常拿出卷軸，開始念我的生平，聲音無比的悠遠：「周珩，字子誠，南直隸蘇州吳縣人……」我渾渾噩噩地聽著，好像在聽一個與自己無關的人的一生。直到聽到周子敬在的聲音打破我的思緒：「大哥！珩哥，對不起，是我食言了，但是還好我終於找到你了！對不起…對不起…"

　　我猛地驚醒，一回頭卻看到他跪在地上哭泣。一個青色的身影慢慢的與周子敬重合了起來。我記憶的閘門忽然打開，子敬…子敬，原來他真的是我的兄弟，周子敬。

五、過　往

　　周珩，字子誠。

　　周珣，字子敬。

　　這是最初的我們。

　　"珩哥，珩哥，你看我臨摹的玄秘塔碑。有沒有進步呀。"

　　"珩哥，我真的好餓啊，我偷偷的先吃一口，你不要告訴娘哦！"

　　"幫幫我吧！珩哥，如果我今天寫不出這篇文章一定會被爹打死的，嗚嗚嗚。"

　　"珩哥，我覺得如今舉薦取士重新興起，雖能推舉能力較強的官員，但是長久施行，當有隱患。"

　　"珩哥……"

　　周珣，是我的堂弟。我們從小一起長大，雖然不是親兄弟，關係卻勝似親兄弟。子敬天性活潑，不服管教，闖出來的禍經常是我來替他背黑鍋。但是本性純良，才華橫溢，雖剛滿十八，卻已經通過鄉試中舉，今年我們兩人就應該上京參加會試了。

　　"你可真應該好好管管你這張嘴，有些事情該說有些事情確是不能說的。京城比不得江南，人多口雜，且天下舉人千百，卻要一起爭那十幾個爲官名額。你少年得志名聲在外，更應小心謹慎……」

「哎呀，兄長真是比我爹還囉嗦。」子敬不耐煩的打斷我的話。「小弟知道啦，兄長之言必定銘記在心。」

這分明還是個孩子，我心中歎息，不知道讓他參加這一次的會試到底是福是禍。

沒想到果然一語成讖。

「周珣！你膽敢妄議天家，詆毀當今聖上，你可知罪。」當我匆匆感到官衙時，子敬正跪在地上，臉色發白，渾身顫抖，已是嚇得不敢說話。他果然闖了大禍，情急之下我一把推開守在門口的官差，徑直走進堂前在子敬身旁跪了下來，朗聲道：「大人明鑒，小民乃周珣之兄。他這等年紀哪知天家之事，實乃小民在家無意提及他聽後現學現樣而已。請大人念在他年少無知饒他一次，我願意承擔所有的罪責。」說完後重重叩首。

期間我沒有再看子敬一眼，以後沒有了我的陪伴，他應該自己學會長大了。

幸甚天子開恩，我被判流放嶺南，保住了一條命。而子敬僅是取消了當年的考試資格，他還仍然有機會參加科舉。

在收押之後，子敬卻沒有來看我，其實我知道他不是故意不來，只是不能原諒自己而已。

終於在臨行前我還是見到了他。他瘦了，也憔悴了很多，彷彿一夕之間由一個孩子變成了大人。他緊緊的握著我的手，一字一句的說：「珩哥，你等我，我一定會高中然後去嶺南接你回來。」

「我相信你。」這是我對他說的最後一句話。

後來呢？

這個故事沒有完美結局。

因為水土不服我久病不治最終倒在了流放的路上，押送我的官差樂得清閒於是將我就地掩埋，我就在那座山上停留了下來。本來是因為放心不下子敬，擔心他來找我卻找不到自己，所以一直沒去投胎。但是時間過得太久啦，幾十年後的一天，我忽然明白他已經不會來了。於是我把一切塵封在了心底，然而自己早已習慣於等待，所以六百年來我一直沒有離開那兒。

我不知道的後來是子敬真的遵守了諾言高中狀元，並且真的來找尋找了我。只是時隔三年，當時的官差早已記不清我的埋葬之處。在之後的六十年裏子敬多次來嶺南尋找我的墳塚，但是我們卻一直錯過。直到子敬離開人世時，我們都沒有緣分再見一面。

因為執念太強，不管子敬輪迴了多少世，心裏卻總是隱藏著尋找我的願望。只需要一個契機，從前的記憶就會復蘇。就在現代的周子敬被殺害屍體被運到荒山的夜晚，命運之輪終於開始了它的轉動。

我們一個執著守望，一個不停尋找。終於在最後的最後相遇了。

此時我也已經淚眼模糊，六百年的等待，實在是太苦了，但是還好我的堅持沒有白費。

"子敬！" 我用盡全身的力氣對黑無常拖著越行越遠的弟弟喊道。"我從來沒有怪你！而且⋯謝謝你，能當你的哥哥是我的幸運。" 我努力地向他揮動著手臂，再見了，再見了我最好的兄弟，最親的親人。

六、尾　聲

一年後。

"喂，小黑啊，你說周珩、周珣兩兄弟最後怎麼樣了啊。他們的故事我真的好感動哦。他們兩個現在應該都已經投胎轉世了吧。" 白無常邊假裝用袖子擦著並不存在的眼淚，邊偷瞄著黑無常，希望能從他那裏套一點消息。

"我怎麼知道。" 日常面無表情中。

看著小黑無動於衷的樣子，白無常氣的哼了一聲："你真是太沒意思了！" 說罷把臉撇了開去。

黑無常看著他這個樣子，嘴角不禁上揚，萬年冰山臉有要解凍的趨勢。他抬起頭看著不遠處的那間房子，裏面好像是住著一對新婚夫婦，他們前幾天剛生了一對男孩雙胞胎。那兩人之間的羈絆太深，所以今生仍有緣做一世兄弟。

不過看小白這副想知道又不好意思直接問的樣子實在是太好玩了，所以這件事還是下次再告訴他吧！

編 後 記

　　2013 級漢語言文學（1）班三十三位同學，來自五湖四海，緣聚於麓山之南，湘水之濱，在這裡書寫人生篇章、唱響青春讚歌。

　　我自從受聘擔任班導師，四年來見證了每位同學的點滴成長。記得他們當初邁入大學校園時，通過召開數次主題班會，增進情誼，相互砥礪，很快適應了新環境，並在各方面表現出良好的發展態勢。例如，眾多同學積極參加校園各種社團活動與藝文競演，提升綜合素養，獲得校內外的各種榮譽。國家獎學金、勵志獎學金以及校內其他學業獎學金自不待言，徵文、朗誦、攝影比賽獲獎也所在多有。尤其值得稱道的是，班集體熱心參與"特殊學校·特殊關愛"公益活動，與長沙市聾啞特殊學校的視障班結對幫扶。同學們分小組輪流擔任志願者，每逢周日上午前往授課、玩遊戲，給視障兒童帶去知識和歡樂，殊為可貴。

　　每每讚歎、感動之餘，我尋思為親愛的同學們做點有意義的事情。因班級許多同學有良好的文學功底，其中有些是經自主招生、表現優異的文學創作才華而入讀湖大，雖說"中文系不培養作家"，然而經過四年的專業訓練，同學們藉由師生從游、自行閱讀而生濡染觀摩之效，文學修養、技能、經驗、情懷已大不同往昔，是以編選他們創作的文學作品頗為合宜，如實存錄青澀純真的校園生活，作為日後不斷追憶的案頭文本。這一想法獲得同學們的支持後，遂於去年春季學期之初便動員他們著手準備，檢核既有作品予以修改，或另闢新章，話題與文體不限。待各自成稿及後續遴選、交叉評閱之後，楊文亮、徐寧閱、王夢琪、毛紫昀、羅曼寧、張佳、馮倩瑤、周星璨等同學熱心襄助，根據入選篇目討論商定版塊設置及標題擬寫，王夢琪撰寫卷首語。可以說，是書編選的前前後後，主要由同學們完成，充分展示了才情與趣味，想必若干年後他們不經意地翻閱時，又多了份熟悉的感覺。

現今，他們已然確定新的征程，或分赴英國倫敦大學學院、香港中文大學、復旦大學、上海交通大學、武漢大學、北京師範大學、山東大學、湖南大學繼續攻讀碩士學位，或在各類重要工作崗位上放飛夢想。無論走到哪裡，有多遠，我希望這本文集能讓他們保持曾經遊藝湖山的青春記憶與班級榮譽感。

傅湘龍 2016.08.20 寫於洛杉磯
2016.12.26 改於長　沙